明日《あした》 泣きなさい

小池ともみ

JDC

なぜ、あなたは父を嫌うの
なぜ、あなたは母を嫌うの

――母は知りたい
手の届かぬ息子へ

はじめにかえて

わたし、書き綴ります

わたし、病床の身です。その上老婆で、誰も見向きもしません。ベッドから起きてカーテンを開けます。小鳥のさえずりが〝こんにちは〟って聞こえます。

「こんにちは」

明るい太陽の光が差し込み、心が和みます。

そして、わたしは、書き綴ります。

明日　泣きなさい／目次

悲しい人たち

悲しい人たち

南向きのわたしの部屋は、小鳥のさえずりと共に〝おはよう〟と暖かな太陽がふりそそぎます。ありがたいことです。お日さまは、貧しい老婆にも平等に光を与えてくださるのです。

私の父は教師でした。

父の勤める小学校に入学。真新しいランドセルを背負って、お友だちと登校。

「お母さん、行ってまいります」

母に見送られ、上級生に見守られて。担任は、村上先生。

入学式では、校長先生はじめ、諸先生方が並ばれる中に、父も凛として立っています。六年生の担任、鈴木先生（父）です。

教室に入ると村上先生のご挨拶。そして、一人ひとりの名が呼ばれます。

「スズキケイコ」

「ハイ」

わたしは女の子だから副級長に選ばれ、級長は竹田君です。一年三組のスタートです。

鈴木敬子は成績がよかったのです。だから級友たちに、こう言われ、いじめられたものです。

「スズキはセンコの子なんで、問題全部教えてもらったんだ。だから百点なんだ」

それからは〝センコ〟〝センコ〟と呼ばれ、スカートをめくられたり、パンツの中に砂を入れられたり、いじめられたものでした。泣きながらくってかかりはしたものの、多勢に無勢。泣きながら家に帰ったのも何度でしょう。挙句、わたしは登校拒否。

そのいじめっこたちの中には、部落と呼ばれる地域の子どもたちが多かったのです。

鈴木家は、その子たちのいじめから逃れるために、満州に渡ることになりました。

わたしの大切な息子、裕《ゆたか》がはまり込んだ世界を考えるたびに、その子どものころの、部落と呼ばれていた地域の子どもたちから受けた嫌がらせを、思い出してしまうのです。

そのころを思うとき、思い出したくないのに、どうしても浮かんできてしまう事件がありました。

その小学校の校長先生の娘さん、清子さんもわたしと同じように、

「センコ、センコ」

と言われ、いじめにあっていました。

清子さんの場合は、お父さまが校長先生でしたから、すぐに職を辞することもできなかったのです。

わたしの家のように、満州へ逃げることもできなかったのです。

ですから、わたしたちが満州に行ったあとも清子さんは、その子どもたちから嫌がらせを受けていたのです。それは、口には出せないほどのことだったのです。

それは……。

小学校一年生の女の子の小さな大切なところへ砂をいっぱい詰め込んで、

「大人はな、こうやってするんだ」

と、小さなおちんちんを入れたそうです。

清子ちゃんは、納屋で叫んだけれども…。清子ちゃんは…、舌を噛み切って…、亡くなったと、知人の便りで知りました。

その後、校長先生も、部落の中でも非人道的な人たちと戦ったそうですが、集団でガードが固く何ともできず、そして、精神的ショックが大きく、耐えきれずに、海に飛び込まれたと聞いています。

解放になってから、ますます増長している一部の人たち。わたしは老婆になりましたが、そのころのことと、裕のことを重ね合わせると、どれだけ多くの犠牲者がいるのかと、ぞっとせずにはおれません。

警察も弁護士も手を出せない法律のギリギリの、罪にならないところを歩く人たちがいます。

　そこには長い長い歴史の中で虐げられてきた人たちの思いがあります。それは、解放という人民全て平等の自由があるというかたちの中でも、物言わず続けられた目に見えない差別や、あるいは、ぬぐい去れない代々持って引き継がれた〝思い〟、いかようにも説明をつけられない〝思い〟があるのでしょう。

　数多くの青少年が、ある日いなくなり、両親はあわてて警察へ。警察は打つ手を持っていません。裕のように。

部落の人たちの思い。そんなことを背景に裕のように洗脳され、帰ってこない事件が、数多くあるのです。

もちろん、今の時代です。わたしの子どものころとは大きく異なってきています。でも、その、部落と呼ばれた地域の、ほんの、ほんの一部の人たちによって、今のわたしは、毎日を泣き暮らしているのです。

大切な睦巳《むつみ》と裕《ゆたか》

なんて幸せ

　裕が産まれたとき、わたしの夫、脩《おさむ》さんは言いました。

「神さまから預かった大切な赤ちゃんだよ。大事に育てよう。そして、神様にお返しするときには、神様が喜んでくださるように、いい子に育てようね。ふたりして頑張ろう」

　そう言って脩さんは、わたしの肩を叩きます。わたし、どんなにうれしかったでしょう。

　脩さんは立ちあい出産でした。

「おめでとう、ゴールデンボールですよ」

　ナースの声にパパは、

「ありがとう」

と言いながら、気絶してしまったのです。どれほど、どれほどうれしかったのでしょう。

神様から授かった小さな命。瞳のきれいな美しい裕。

そして、家族四人の、苦しみもあったでしょうが、それも忘れて泣き笑いの楽しい日々が続くのです。

兄の睦巳はブランコ事件もありましたが、次男裕は、難もなく元気で育ってくれました。

兄がバイオリン、弟がピアノとそれぞれに、また、大きな舞台での発表会。四歳と九歳が手をつないで舞台に上がり、堂々と…。父母ははらはらしながら見守ったものです。パパは写真を撮るのに大忙し。わたしたちは、なんて幸せなのでしょう。

「神様、ありがとうございます。睦巳、裕、パパとママの子どもになってくれて、ありがとう」

脩さんとわたし、どんなにふたりの子どもたちが大好きだったことでしょう。そのころを思うと今でも、涙が出て、幸せな心に浸るのです。

兄と弟

高校時代の裕はハムを楽しんでいました。無線機を購入し、資格をとり、全国の無線友だちと「ハロー、ハロー」。ときには、海難事故や飛行機のSOSが入り、救助に一役かったことも。トンツートンツーとモールス信号で華々しい活動。

裕の兄睦巳は、それを見て僻むのも無理のないことでした。

睦巳は、三歳のとき、ブランコの板が眉間に飛んできて頭が割れるという、大惨事がありました。

その事故以来、睦巳の人生は狂ってきたのです。学業に遅れ、五年ほど学年が遅れ、弟の裕が先へと進んでゆきます。

睦巳の身体は、今でも発作が起きる状態で、薬を飲み続けているのです。

そんな状況でしたから、裕のハムとしての活躍ぶりを見ては発作が起き、

「ぼく、死にたいよ」

などと言うのです。

口の中に手ぬぐいを噛ませたり、父母も長男とともに苦しみました。

家の中では、ハムのことは話題にしないように努力し、裕を高校のハムクラブに預けたりしたのです。

このとき、〝わたしたちは、呪われた星の下にいるのでしょうか〟なんて、チラッと思ったりもして…、とは言っても、睦巳はぐれもせず、よき伴侶を得て、今は遠くで、静かに暮らしているのです。

感謝、です。

空はたちまちくもって

ことの始まりは

裕は頭の良い子どもでした。

裕の学生時代、我が家は金銭的に大変でした。わたしは、朝早くから訪問販売。自転車で一日中、走り廻っていました。そして夜になると編物の内職、明方四時頃まで。

「そんなことをしていたら、からだを壊すぞ」

実家の父にどなられたりしたものです。そして、

「睦巳のことを考えたことあるのか。睦巳はひとりで何をしているんだ」

とも。

実は睦巳は、家出していました。わたしにも、どこにいるのかわかっ

ていませんでした。

「裕にばかり金を使って、お前たちは」

と父。脩さんとわたしに向かって、

「手を後に組んで、股を開いて歯を食い縛れ！」

と、びんたを五つ。脩さんとわたしは、頬が血だらけになったものです。

「兄弟を別け隔てしてはいかん！」

父には頭が上がりませんでした。というのも、わたしたちは、お金が足りなくなったと言っては、父に三万、五万と借りていたのです。しかしその父も、孫かわいさで、毎月五万円の援助をしてくれていました。

脩さんとわたし、わたしたち父母は、何とかしようと大分無理はしていましたが、裕は大学を出ると、第一志望の三菱電機に入社。それも裕は、万一のことを考えて、パイロットの資格を取ったり、ＪＴＢの添乗員の入社も決まっていたり…。

裕は、旅するたびに自分でルートを決め、見所を押さえ、安価で行ける工夫をして、ＪＴＢに段取りをしてもらっていました。それをＪＴＢの方から、

「うちの旅行案内のリストに載せてもらえないだろうか」

との申し入れがあり、卒業の上は当社に入社をとも言っていただいていました。

そんな中、本人は三菱電機を選んだのです。

「大変だったけど、ふたりで頑張った甲斐があったね」

と、脩さんとふたりで、どんなに喜びあったことでしょう。

裕も、靴音高らかに、毎朝、

「行ってきます」

元気いっぱいの出社。
外国企業との交渉もまかされ、やる気満々でドイツへと出かけます。
余暇にはエレクトーンサークルで、それはそれは楽しそうな日々でした。

ことの始まりは、今から二十一年前に遡ります。

裕、三十四歳、三菱電機に勤めて、十年の月日が経ちました。

〝ある人物〟の影が

わたしの夫脩さんは、四十年間、コスモ石油で真面目に勤めあげました。

子どもたちにも学費などのお金もかからなくなり、これからは、高校を出たときに行きたかった大学、京都の美術大学へ入って、好きな美術を勉強しながら人生を楽しもう、としていました。

そんなころ、裕が、

「賃貸住宅では嫁さんが来てくれないよ。二世帯住宅を建ててほしい」

と、言い出したのです。

「裕、お前は大学を出ることができた。両親も兄さんも高校卒だ。それに仕事で海外にも行っているじゃないか。上を見ればキリがないし、下を見れば、もっと貧しい人もいる。身分相応ということだ。わたしたちには、家を建てる贅沢はできないんだよ」

　すると、裕は、

「大学なんか行きたくなかった。有難迷惑だ」

と、うそぶくようになりました。

どうして裕は、こんなことを言い出したのかしら。そのときのわたしには、何もわかりませんでした。

　そして、三年経ちました。三年間、家のことで揉めに揉めたのです。

「二人の老後の面倒は、必ず僕がみるから」

と、裕。

「僕の退職金は、老後、困ったときのために。それと、たまにはママとふたりで温泉にも行きたいだろ。そんな大切なお金なんだよ」

とパパ。

でも、二世帯住宅で一緒に暮らせる、それに、ふたりの老後はまかせろ、と言ってくれたのに絆《ほだ》されて、脩さんの退職金三千万円、それにママがナースをしていた十五年間の一千四百万円。これだけでは足りずにローンを組み、小さいながらも三階建ての我が家の建設工事が始まったのです。

この、ローンを組む段階で、事件がひとつありました。

F銀行に手続きに行き、三十年のローンで、〝億〟の負債になると聞き、わたしも脩さんも腰が抜けるほどびっくり。もう、書類にサインをしてしまっていたのです。

どうやら脩さんが、ゼロをひとつ、見落としていたようなのです。というのも、なぜか、銀行の方がわざと見えないよう手で数字を隠していたのです。こんなことってあるのでしょうか。でも、それが、〝ある人物〟の介在によるものだと、うんと後になって、わたしたちは知ったのです。

驚いた私たちは、あわてて、潮岬にいらっしゃる紀陽銀行の頭取に助けを求め、事無きを得ることができました。

そしてこのとき、気がつくと、一緒に銀行へ行っていた裕の姿はなく、彼が車で走り去るのが銀行のガラス越しに見えたのです。

なぜ…。

〝ある人物〟に、ローン全額が借入れできたことのご注進に走り去った、ということだったのです。

なんと言うことでしょう。この〝ある人物〟こそ、わたしたち家族にとっての、悪魔的存在の人物だったのです。

突然の闇

わずか二十六坪の土地、上に延びる三階建て。自分の思い通りに、小さいけれど家が建って裕は大喜びです。

わたしたちは、これからは年金生活。

「ママに苦労をかけたから、ご苦労さんって、ささやかな旅行に行きたかったけど、これでちょっと楽しみが減ったね」

と、パパは少し淋しそうに笑っています。そしてパパは、年金生活が始まるからと、第二の人生も働くことにしました。新聞の集金です。それは、パパにとっては大変なことでした。

でも、

「あとは、裕にいいお嫁さんが見つかるといいなぁ」

なんて、ふたりで話しあって…。

ある日のこと。そう、春うららかな朝。

「いってらっしゃい」

朝陽を背に受けて、春のスーツを着た裕が、足音も軽く、

「いってきます」

見送る父と母。いつもと変わらない一日の始まり。玄関に入り、父と母は顔を見合わせ、ほっとするひとこま。

脩さんはこの日で退職、最後のお勤めの日です。第二のお仕事も見つかり、春うららにぴったりの、わたしたちにとって、うきうきする特別の朝。

この日、裕の帰りが遅い。エレクトーンサークルで遅くなっているのかと、父母ふたりは寝ずに帰りを待ちました。夜中になっても帰ってきません。二人して、まんじりともせず待っています。

とうとう夜が明けてきました。と、脩さんが二階へ上がっていきました。

「ママ!」

脩さんにはめずらしい大きな声でわたしを呼びます。胸騒ぎがして、わたしも急いで階段を上ります。

なんということでしょう!

十二畳の部屋には、なんにもありません。父と母、ふたりで唖然として言葉も出ません。

「家出をします」

メモ用紙に一言。

ふたりとも頭がまっ白になりました。

そこには、エレクトーンだけが、ひとり淋しく置かれてありました。

鴨がネギを背負って

実は…、その頃裕は、出会い系サイトで、ある女性と知りあっていました。大中とき子。彼女の父親、大中守こそ、〝ある人物〟だったことを、後々わたしたちは知るのです。

とき子との出会いは、この、大中守の企みに、まんまと乗せられての出会いだったのです。

裕は、まんまと乗せられて、三菱電機を退職。その退職金二千万円と、二百万円で買ったばかりの新車を売り飛ばされ、大中に手渡ったのです。

……このときに気づかなければならないのに——。

裕は、どんな甘い言葉でささやかれたのでしょう。赤子の手をひねるより簡単だったにちがいありません。

なぜって、裕は、人を疑うことを知らない世間知らずだったから…。

たいていの人なら、大中のやっていることの〈オカシサ〉に気づくはず、なのに、そうです、のこのこと付いて行ってしまったのです。

わしたちの大切な手の中の玉を、大中に奪われたのです。やること、成すこと、法の網スレスレ、口先三寸のペテン師、大中に。

大中にとって裕は、かわいい、一羽の鴨だったのでしょう。

「鴨がネギ背負ってやってきた」

と、どんなにほくそ笑んだことかと、容易に想像できます。

そして、二十一年間の飼育の甲斐あって、手械《てかせ》、足枷《あしかせ》も解きたがらずに、大中の手中で言いなりになっている裕。

大中にとっては、〝当たり！〟の鴨だったのです。

そう言えば、裕は、子どものころから、信じたら真直ぐに突っ走る子でした…。

知らぬ間の結婚式

裕のいなくなった家。なぜか空気も冷たくて、わたしは、泣くこと以外に何をしたらよいのかわかりません。わたしたちは、食事すら喉に通らず、ぼんやりと時を過ごすのです。

電話のベルが鳴るたびに、ふたりして、びっくりして飛び上がる始末。

裕は、大中とき子、大中守のところへ行ったのです。

四日目、裕から電話が入りました。

「絶対に、大中の家に入りびたりはしない。二人の老後の面倒は見るよ、必ず。だから許してくれ」

「一日も早く、裕の結婚相手のその人を、家につれてきておくれ」

母は頼むばかりです。

いつ来てくれるのか、これから先、いったいどうなるのだろう。脩さんもわたしも、不安で、不安で夜も眠れません。どうしてよいのかも分からず、毎日ふたりで黙りこくったままに時が過ぎてゆきます。

そんなある日、裕の友だちの竹内君がやって来ました。

「裕の結婚式に呼ばれたよ。〝宮本家〟の席が空いていたので、おばさんたちが出席されない理由があるのだったら、と、僕たちもお祝いだけ渡して帰って来ました」

結婚式の帰りに寄ってくれたのです。

父と母の驚きはいかばかりだったでしょう。

わたしは、声をふりしぼって、やっと、言いました。

「そうなの、今日…だったの」

あとは、泣くことしか、できませんでした。泣くことしか…。

〃息子さんと一緒にさせてやってください〃と、親同志お互いに顔を合わせるものではありませんか。

嫁になった人の顔も知らず、結婚式をすることさえ知らず――なんと非常識な家なのでしょう。わたしたち宮本家を、いえ、裕をなんだと思っているのでしょう。

頭が混乱しています。

こんなことが、この世にあるなんて…。

日本人の未来のために

父は、わたしの子どものころ、よく言ったものです。

「自分の心の声をよく聞きなさい」

と。また、部落の一部の子どもたちにいじめられていたわたしに、こうも言いました。

「部落のことは口に出してはいけない。おつきあいしている方がそうだとしても〝自分は部落出身者です〟と言って、プラカードを下げているわけではないだろ。

みんなの中で、一緒に生活をしている。我々と同じなんだよ。わたしの同級生にも、国の大切な仕事をつかさどる大臣にも、その出身の人たちは大勢いるんだ。でも、まだまだ、〝あの地域は部落だ〟という形で根強く息づいていて、誰もが暗黙のうちに了解してしまっている。敬子をいじめていた子たちが部落の子どもであっても、口に出してはいけないよ」

と。でも今のわたしは、〝部落〟という言葉を使って、この本を綴っています。大中という、わたしたちにとっての悪魔でさえある彼を表現する言葉が見当たりません。俗に言う、部落の人ではあるけれど、そのことが憎いのではありません。大中のやっていること自体が憎いのです。

こんなこともありました。

天理教信者の若いカップルが、愛しあい、今にも結婚するだろうと見えていました。

ある日、男性が、

「僕は君が好きだ。でも実は、僕は部落の人間なんだ」

と告白しました。女性は家族と話しあった結果、

「お断りせざるをえません」

とこたえました。そしてふたりは泣きました。来世は、結婚できるふたりに生まれ変わろう、と、誓いました。

このお話しは、裕が戻らないので気持ちが落ち込み、すがる思いで天理教団に二年間入っていたころのことです。

初めは、〝ヤシキヲハロウテ〟と聞こえ、どうして屋敷を払わないといけないのか、なんて思ったものです。オカシイデスネ。〝アシキ〟だったんです。

入団してみて感じたことです。一代目は〝おやさま〟で、二代目、三

代目となるにつれ、教団もお金儲けなんだなぁ、って。

裕のことをお願いしたくて、教団の弁護士さんのところにも伺いましたが、〝アシキヲハロウテ…〟で始まり、天理教のお話しばかりで、ガッカリしてしまったこともありました。

信者さんたちからの寄附が、たくさん必要でした。わたしにはできません。それで退団させていただいたのですが、そんななかでの、若いカップルの悲しいお話しです。

好きで部落に生まれた人はいないはず。子どもたちには何の罪もないのに。

わたしも、涙するほど、どうしてもっと、人間どおし、差別なく生きられないのかと情けなくなるのです。

——とは言っても、裕をとり込んでしまった大中は許すことができません。

脩さんは、正に部落の大中と戦い、十八年で命尽き果てたのです。

大中のようなペテン師は、他にもいるらしく、わたしのように若い息子をとられた母親たちが大勢います。若い青年たちを食い物にしています。

解放と称した国の保護が、もしや、行き過ぎていないでしょうか。もっと、根本的なところを見て、時間はかかっても、本当の意味での人の繋がりのための施策をお願いしたいのです、お金ではなく。

泣き暮らす、世の母親たちのために、わたしたち日本人の未来のために。

戦いの始まりは

裕の子ども

裕の子どもができる、と聞きました。
わたしたちにとっては、孫です。産まれてくる子には罪はない、と、
ふたりで喜んだものです。
脩さんは、ゆりかごを買いました。三万円。
わたし、誕生祝いの三万円を袋に入れました。なんて名前をつけたん
だろう、男の子かな、女の子かな。
お年玉の用意もします。千円ずつ。
でも…、孫も、誰も、顔を出しませんでした。

その子が五歳になったかな、と思われるころ、裕から電話がありました。

「DNAが違っていた」

と。そして、とき子が付きあっていた、別の男性の子どもだったと。

「とき子の子どもだから、相手は誰でもよい」

馬鹿な裕…。

このことは口外してはならん、と、大中から、きつく口止めされていた、とか。大中が恐いのか、五年間、裕は黙して語ることはありませんでした。本当に馬鹿な裕。

ただ、その子が身障だったと聞き、また、悲しくなりました。

大中家は、大中守をはじめ、身障の家族だと聞いています。でも、生まれてくる子には罪はないのに…と、ふっと情けなく胸が痛い思いがします。

彼らは、住んでいる京都ではなく、わざわざ大阪に移住してまで、大阪で子どもを産みました。

不思議なことだと思っていたのですが、こんなやり方が、部落の人といわれる人たちのやり方なのかもしれません。

子どもが産まれて、十五年も経ってからのことですが、興信所の調べでは、

〝その子どもは裕の子ではないこと〟が改めてはっきりしました。

そして不思議に思っていたことについては、〝産まれてくる子の戸籍を「大阪」にするために大阪で出産〟。よくあることだそうです。

裕と接触する前に、前の男の子どもを宿していて、それをカモフラー

ジュするために、裕が利用された、ということだそうです。

そして、その子も十五歳

その子どもも、今は十五歳。

脩さんはいつも言っていました。

「部落の人といっても、同じ人間なんだ」

脩さんはきっと、自分に自分なりの言い訳をして、彼らに近づこうとしていたのでしょう。

裕の子どもとして育てられて、高校生になったこの子には、もちろん、罪はありません。

素直に、幸せな人生であることを、願わずには、おれません。

最近になって、この子の名前を知りました。〝ヒロミツ〟。文字は、わかりません。

裕が、ヒロミツ君が五歳くらいのときから、ピアノを教えようとしていたようです。片手がグウ、握ったままの障害のある子だから、片手だけでもと、裕なりに考えたのでしょう。

「どうしても嫌がり、覚えてくれない」

と、裕がグチをこぼしたことがありました。片手なので、裕が伴奏を受け持って、ふたりで連弾をしようとしても、嫌がった、と、話してくれたこともありました。

〝とき子は息子を大事にしている。とき子と息子は仲がいいけど、裕にはなついていない〟とは、大中の近所の人たちの噂。もしかして、大中がそのように仕向けているのでは、と、つい考えてしまうのです。

一度も会ったことはない大中ですが、ここに一枚の写真があります（掲載いたしません）。

煮ても焼いても食えない男、とは、この写真のような男のことをいうのでしょう。

とき子の弟

興信所の調べです。

『写真は大中とき子の弟（掲載いたしません）。小さいころからの父親の拷問で、身体中に傷や火傷の跡多数。高校卒業を待って家出。北海道で結婚』

ある日突然、とき子の弟が訪れたのです。脩さんがまだ家にいるころのことです。どうして我が家を訪れたのか、理由は分かりません。脩さんのポケットには録音機と携帯電話のカメラ。二つはいつも入っています。

とき子の弟は言いました。

「おじさん、おばさん、一晩でいいから泊めてくれませんか」

「僕のこの傷は、父に殴られ、蹴られ、火傷させられたものです。僕は必死に、北海道へ逃げました」

と、シャツもズボンも脱いで、その傷を見せるのです。傷は治っていましたが、痛々しくて目を反らしました。

脩さんは、

「裕も同じ目に合っているかもしれないし、今、君を泊めたら、大中は、どんな手を使って裕や我々を襲ってくるかもしれない。君を泊まらせるわけにはいかない。他に行ってくれ」

そう言いながら、ポケットの録音器を回しつづけます。今、わたしの手元には、テープが二本。彼はずっとしゃべりつづけました。

涙ながらに話します。

「すぐに北海道へ帰りますから、一晩だけ泊めてください」

脩さんは言います。

「それはできないよ。裕が大中に、拉致同然でつれて行かれ、今はヘルパーをさせられている。大中とかかわりたくないんだ」

「わかります。父は、へらへらしているけれど、凶暴になります。僕も父

ていますを恨み、子ども心に殺したいと、何度思ったことか。今も、折あらば、と思っ

「早く帰ってくれないか。ここは、君とは関係のない家なのだよ」

と脩さん。とき子の弟の話はつづきます。

「こんな不自由な身体に産んで…。僕は、義手、義足なんです。北海道で結婚しましたが、子どもはつくらないように努力しています。きっと僕と同じような子どもが生まれるでしょう。自分が辛い思いをしたから…、同じ罪をつくりたくないんです」

同じようなことを何度も繰り返して話すのです。でも脩さんは、帰ってくれ、帰ってくれ、と何度も説得をして、帰ってもらいました。

それから二日経ち、こんな話を聞きました。彼は北海道に帰ったのではなく、大中の家でわたしたちの悪口を並べたて、酒の肴にして笑って

いたとか。大中一家は二枚舌、いや、三枚、四枚舌を使っています。ときも〝宮本〟姓を名乗りながら、宮本の悪口を言っているとか。大中のおやじに気に入られたい一心で、大中の子どもたちは有ること無いことを言うのです。

裕も、そんな非人間になってしまっているのです。大中の傘のなかにいると、両親が死んでもなんの感情もなく、何かあっても、警察も弁護士も守ってくれるのですから。

嫌がらせが引金に

こんなこともありました。

放火、です。油をしみ込ませた新聞紙を我が家の門の中に放り込んだのです。燃えさかりました。我が家はコンクリート造りでしたので、事無きを得ましたが、実は、八回程、このようなことがあったのです。

ガス管が壁に沿って走っているのですが、同じように油のしみた新聞紙が、細くまるめて立てかけてありました。そのときは脩さんがびっくりして飛び出していき、消すことができたのですが、ガスに火が燃え移っていたらと、背中がゾクッとする思いです。

そんなことが続き、近所の方からは、

「危ないから出て行って」

と、何度も言われ、どうしようもなく、皆さんへ顔向けできず、閉じこもっておりました。

警察では、

「パトロールを強化します」

と言っていただきましたが、ご近所の騒ぎは納まりません。当然のことだと思います。

脩さんが土下座して皆さんに謝り、

「毎日、見廻りします」

と、約束し、三年間、毎日、夜になると脩さんの見廻りが続きました。

その後は、こんな放火事件は収まりました。

犯人は、わかりません。いったい誰が？

様々な嫌がらせ（？）がありましたが、あるとき、窓ガラスを割られたこともありました。このときは、その一人を、脩さんが掴まえ、

「なぜ、こんなことをするのだ。誰かに雇われたのか」

と聞くと、二十歳前らしき男性が泣きながら、

「大中から頼まれてやった。もう二度とやりません」

と言ったのです。千円で頼まれた、と言います。脩さんもわたしも、それを聞いて、何とも言えず、情けない思いがしたものです。

この青年も、裕同様、前途ある青年が…、食い潰されてゆくのでしょう。

実は、この青年の事件が引金となって、脩さんは大中と戦うことになるのです。裕を大中から取り戻そうと。

そして、なんと昨夜のことです。

電気ドリルを使っているような音がします。

恐くて、わたしはひとり、身を縮めていました。そこへ、民生委員さ

んから電話がかかり、

「宮本さんの家の裏あたりです。戸締りをしっかりしてください」

近所の方たちも、たいへん恐がっておられるとのこと。

息子が…、部落にいる…、というだけで、村八分のわたしには、ご近所の目が、この家に集中しているのではないかと思うと、居ても立ってもいられないのです。

大好きな脩さんのこと

脩さんはヒッピーでした

わたしの夫、脩さん。

彼は、四十年の間、コスモ石油に勤めた人です、真面目に。

革靴ひとつ買わず、いつもスニーカーで、歩いて歩いて満員電車に揺られ揺られて。車も、きっと欲しかったのでしょうが、

「いらないいよ、維持費もかかるし」

と。

わたしの大好きな脩さん。

彼は六人兄弟の末っ子です。兄さんたちは大学へ行くことができましたが、六人目となるとそれは、論外だったようです。

が、彼は美術大学へ行きたかったのでした。

でも、行けません。兄たちの大学へ通う姿を見るにつけ、彼の気持ちはいかばかりだったでしょうか。

結果、脩さんは家出してしまうのです。海南の野上電気鉄道の小さな駅の近くで、〝ヒッピー〟をやっていました。当時の若者としては一風変わった格好でうろうろしていました。

そんなとき、わたしは脩さんに出会ったのです。もちろん名前も知りません。

――君の名は、と、尋ねる人あり。

おたがいに一礼して、にっこり笑って。

笑った脩さんの顔は、なんと、秋の空のように清々しく爽やかだったことでしょう。もちろん今もその顔が浮かんできます。

ただそれだけの出会いでした。古い古いお話しです。そしてロマンです、わたしの。

この出会いがなかったら、睦巳も裕も存在しなかったのですね。――その方が、よかったのかも…。

大学に行くことを断念した脩さんは丸善石油に入社、サラリーマン一年生となりました。

仲の良かった親友は大卒で四年後に入社してきたのです。そして、その親友との差は、十年後からつき始めました。

親友は苦労もなく係長、脩さんは努力しても係長代理。その後、親友は課長に。親友は脩さんを〝宮本さん〟と呼んでいましたが、いつの間にか〝宮本君〟と呼ぶようになり、そして、〝…してくれたまえ〟と態度まで変わったのです。〝今日の飲み会の幹事は君がしてくれたまえ〟と、肩をポンと叩かれて…。

この同級生の下で働くのが、とてもつらかったようでした。ときには、〝会社を辞めたい〟と言ったものでした。わたしも、そうさせてやりたいと、脩さんの上司の部長さんに相談したことがあります。部長は、

「今はイカン。良い考えがあるから」

とおっしゃってくださいました。それは、四国への転勤でした。

部長は脩さんをかわいがってくださり、山岳部で山登りをご一緒させていただいていました。そうそう、そのころの歌に、〝山男に惚れるなよー、若後家さんだよ——〟なんてありましたね。わたしも彼を送り出したあと、無事に帰ってくるまでは、なんにも手につかずにいたものでした。

四国に転勤できた脩さんは、部長に感謝し、そして、嬉々として一生

懸命に働きました。

そのころ、長男の睦巳が産まれ、そしてまた裕が産まれたのです。

脩さんはゴールデンボールをふたつも授かり、ご満悦。子どもたちに頼られるようになり、父親らしくなりました。

長男睦巳にはアクシデントがありましたが、次男裕は何事もなく大きく育ってくれました。手のかからない、いい子、に育ってくれたのです、大学に行くまでは。

脩さんは、自分が大学へ行けなかった悲哀を我が子には味わわせたくないと考えていました。睦巳は、三歳のころのトラブルで学年が遅れていましたので、裕が先に大学へ行くことになりました。

「給料も少ないけれど…」

でも、と、脩さんは頑張ったのです。サラ金で借りてまで。裕には、

「アルバイトをしろ」

とも言いましたが、バイトもせず、我がままを言うようになっていったのです。そのころ、丸善石油は〝コスモ石油〟になっていました。わたしたちは、堺市のコスモのマンションで暮らしていました。

脩さんの癌

定年をむかえた脩さんはその年、胃癌になり、第二東和会の西村ドクターにオペをしてもらいました。

そのころ、すでにわたしは、子宮からのおりものがあり、杉本ドクターにアドバイスをいただき、婦人科の門をたたきました。

いろいろと検査を受けて、この歳で、と、羞恥心でまごまごしていますと、ナースは容赦なく、わたしを診察台に乗せました。

診察の結果は、特に異常は認められず、とのことでしたが、カーテンの向こうで話されていることは、わたしには、手にとるようにわかっていました。

診察室から出てきたドクターは、にっこり笑って、

「だそうですよ」

と、告げてくれました。

「敬子さん、ぼくの顔、ひきつっていたでしょう。それで、どうする?」

「手術は受けません。歳ですから。そのうち、わたしの身体の方が勝つかもしれません。進行が遅いので、アイエヌジー（ｉｎｇ）にはさせません。それよりも先生、このことは、口にチャックしてください」

「オーケー」

と、ドクター。

その足で、第二東和会へ。脩さんはまだ手術前です。西村ドクターに、

「癌は、とぶと恐いので、全摘してください」

と頼みました。くれぐれもよろしく、と、くどいほどお願いしたのです。

待合室では、二日も三日も経ったように思えます。

ナースコールが鳴り、西村ドクターと、説明される医師もおられて、バレンの上に胃を広げて…、そのときわたしは、全摘とお願いしたのにと、心の中で格闘。

執刀医が、

「思ったより部位が小さかったので、四分の三を取り出し、四分の一を残しました。本人は、まだ寝ています」

聞きながらわたしは、血の気がひいていくのがわかりました。

「気絶したんだって？」

西村ドクターが言ってくれましたが、心の中では〝暢気な顔をされて…、仕方ないけど…〟なんて思ってしまっていたのですが、

「お世話になりました」

とお礼を申し上げました。

とにかく、小腸が胃の役割を果たすまで、がんばらないと…。

脩さんは知らん顔で、

「僕の胃を見て気絶したんだって？　敬ちゃん、頼りにしているよ」

なんて言って、笑っています。

脩さんの退院まで、わたしのバスでの通院が始まりました。脩さんの

笑顔を見るのがたのしみなんです。

「完全看護なんだから、毎日来なくてもいいんだよ」

と脩さんは言うけれど、そうはいきません。

わたしの子宮の出血も止まり、その後一年で完治しました。

脩さんは二年と一か月、かかりました。


でも次は、膀胱癌。

脩さんが、

「尿の切れが悪いんだよ」

と言うので、もしや、と思い、わたしがパーキンソン病で通院していた、住友病院へ。

やはり、もしや、でした。このときは、五日の入院で済みましたが、わたしの気持ちは、どん底に突き落とされた思いでした。

「敬子さんは、さすが天下の名医の外科部長の下で走り廻ったことだけのことはある。〝オチンチン〟、お母さんのお腹の中に忘れてきたのとちがうかい？」

と、杉本ドクター。何をおっしゃる杉本ドクター、わたしは女、気丈であっても、ときにはくずれてしまうのです。

そして、それから十数年が経ちました。

脩さんは、余命一か月と診断されました。

渚との出会い

余命一か月、と宣告された脩さん。この間、週に二回、ナースが点滴に来てくださるのです。が、なんだか異国の無医村にいるような錯覚をおこし、不安がつのるばかり。

脩さんは旅行が大好きなひと。この一か月というもの、ナースが来られない日には、わたしが脩さんを背負って、三度の旅をします。

二泊三日を三回、観光タクシーを利用して。脩さんの喜びようったら、その顔は今も忘れられません。

三回目には、〝静岡で従兄たちにあいたい〟と脩さん。従兄たちとの談笑は、誰もが、残り少ない命だなんて気づくことなく、たのしそうなときを過ごしたのです。

その旅で、ある茶店で休憩をしているとき、子猿がやってきて、脩さんの肩に乗り、毛づくろいを始めたのです。

「かわいいね」

うれしそうな脩さん。そっと抱っこしてやると子猿もうれしそう。茶店で出してくれた煎餅やおまんじゅうを、脩さんがやさしい目で、

「おいしいよ、食べな」

子猿は、おいしそうに食べました。

そこへ、地域の商店街の人たちがやってきて、

「猿が町に降りてきて、人々に危害を加えるから、網で捕獲して殺すのだ」

と息巻くのです。と、脩さんは顔色を変え、

「僕たち夫婦には子どもがいないので、子どものようにかわいがっている

のだ。旅行に一緒に連れてきた子だ。危害は加えない」

と子猿を抱き寄せ、

「いい子だな。こんな恐い人間なんかいる町へ、旅行に連れてくるのではなかったなぁ。さぁ、帰ろう。熱海の人間は、どうなっているんだ。動物たちの住み家のオアシスを、人間の欲のために、山から木を切り倒して、動物たちの住み家をなくしてしまったね。動物たちが民家を襲うと打ち殺す。悲しいよな。さぁ、帰ろう」

立っていることも辛い身体で、よくあれだけしゃべられたものです。熱海の人たちは反省してくださったのかしら。

子猿の手を引いて――また、この子猿も慣れたものです――脩さんとわたしの手にぶらさがったり、肩に乗ったり。道ゆく人たちは、わたしたち親子三人を、

「またきてね」

と、笑顔で見送ってくださったり。

わたしたちは、人里離れたところまで歩いていきました。

「もう、町に出てくるんじゃないよ」

脩さんが子猿に言い聞かせます。理解できたのか、胸をかきむしりながら、うん、うんとうなづく子猿。

茶店で買った、お菓子やミカンなどを、わたしの小さなリュックに詰めて、

「お家に帰って食べなさいね」

と背負わせます。

「二度と町に出てきてはだめだよ、殺されるから」

わたしたちはこの子を、〝渚〟と名付けました。渚は、小さい身体で、

ヨタヨタ歩いていきます、後を振り返りながら。

わたしたちは、渚が見えなくなるまで見送りました。

そのときには脩さんは、命の灯が消えかけていたのです。歩けません。

わたしが背負い、タクシーに乗ってホテルへ戻ります。

一晩中、足のむくみを揉むのですが、まったく、腹水はびくともしません。

でも翌朝は機嫌よく目覚め、昨日の子猿の話でふたり、盛り上がったのです。わたしは、どんなにうれしかったことでしょう。

この子を知りませんか

脩さんの末期癌

脩さんが、部落のアジトを見つけました。

わたしも一緒に行ってみました。

高槻に、こんなに山深いところがあったのかと、驚きと不安でいっぱいです。この世とも思えない光景が、異臭とともにわたしの目の中に飛び込んできたのです。

木々は生茂り、薄暗く、細い糸のような水が流れています。森林の香りはなく、奥深いところに、三軒くらいの、崩れかけた屋根が見えます。人が住んでいるようには見えません。苔だらけのそれら…。

わたしたちは、車を降りて、谷底を覗いています。深い、深い谷…。

その臭いは、息をするのもたまらないくらいの異臭です。脩さんに、マスクを用意しなさいと聞かされていました。

大木を脩さんは滑ってゆきます。

わたしも脩さんにつかまり滑ってゆきます。

脩さんが指差す方を見ようとしてわたしは、脩さんの異変に胸騒ぎ。

「ついておいで」

異常に下半身が張れています。

わたし、十五年間のナース経験からか、〝これは、心臓が非常に悪化して、腹水がたまっているのでは…、いや、ひょっとして、ガン？　末期ガン？〟

下を見るどころではない。

悲願十年。大中の尻尾をつかもうと、朝から晩まで、歩いて歩いて、スニーカーを十八足も履き潰した脩さん。歩き慣れない脩さんの足はむくみ、お風呂で暖め、揉んだりしていました。

靴下はもちろん、靴もハサミで破き、病院に行きましたが、すでに時遅し。末期ガン、余命一か月…と、わたしにだけ告知されました。

しかしそのときの女医は、脩さんを目の前にして、こう言いました。

「末期のガン患者など、この病院では収容できません。老人ホームへ行ってください」

これが医者の言葉？　ドクターとして配慮に欠けているのではありませんか？

脩さんを背負って病院を出ます。病院では明るい陽射しのなか、患者さんたちの笑い声、まるで旅の宿でのような笑い声が聞こえています。

この子を知りませんか

「なんで僕が、なんで僕が」

毎日のようにつぶやいていた脩さん。

裕、あなたにはこのパパのつぶやきの意味がわかるでしょう。一生懸命努力しても報われないパパ。あなたの、

「有難迷惑だ」

の一言が、パパをどんなに傷つけていたことか。


裕の突然の家出。

このときのパパのショックは、言葉では言い表せません。これが、パ

パの頭のサイクルが少しずつ狂っていく、初めでした。
それからの脩さんは、なんとか裕に帰ってきてほしいと、その一念で、大中というペテン師の毒牙にはまった裕を取り戻そうと、奔走の日々が続きます。亡くなるその日まで、苦しみの二十年。

ある日、こんなことがありました。
プラカードをつくり、そこにはこんな文字が書かれてあるのです。大きな文字で。
「この子を知りませんか
右や左の旦那さま、奥さま
僕の息子、宮本裕です
教えてください

探しています、助けてください」

と。車庫の石の上で、パジャマ姿で。道ゆく人に話しかけますが、寒さで唇はふるえています。プラカードを見せて、涙して…。道ゆく人は、ほとんど近所の方々です。哀れな父親…。わたしは電気毛布やカイロ、湯たんぽまで持ちだして。一七五センチの男性を、わたしの力ではどうしようもありません。

それでわたしもパパと一緒に、正座して頭を下げて…、泣きました。

本当にしばれる日の北側で。

あるときは、やっぱりプラカードを持って、彼の姿は京都にありました。靴をパンツのゴムにはさんで…。

「探しています
僕の息子　宮本裕
右や左の奥様方
この近くに住んでいると
聞きました
知りませんか　教えてください」
虚ろな目で……よたよた……黙って、京都市内を歩いていたそうです。
裸足だったし……、警官に見つかり、迷子札を身につけていましたから、連れてきてもらえました。こんなことが数回。
そこでわたしは、鍵をかけて脩さんが一人では出られないよう工夫しました。すると、
「敬ちゃん、裕を探しに行かせてくれ」

と、まるで子どものように泣くのです。

でも、その後は暫くは、おとなしくしていました。

ある日、脩さんと買い物に行くことにしました。

「脩さん、買い物に行こう。好きなものを買ってあげる」

と、わたし。

「うん」

と、脩さん、にっこり。

「さ、行こう」

と、タクシーでマーケットへ。

わたしが買い物をしている、ほんの少しの間のことです。脩さんがいなくなりました。買い物どころではありません。探しました。見つかりませんでした。

お金も持たずに、どこへ行ってしまったのか。警察に届けました。民生の方が来てくださり、一緒に探してくださったのですが…。よたよた歩きの脩さんです。不安で不安でなりません。

夜になりました。

「リリーン」

あわてて受話器をとりました。民生の方からです。

「警察に保護されたそうですよ。裕さんと琵琶湖で待ち合わせていたとか」

なんということでしょう。

「裕が琵琶湖で待っているから」

と、一銭も持たずにタクシーに乗って出かけたのです。

タクシーの運転手さんが、どうもおかしいと気づき、警察へ通報してくださったのです。

わたしは家を飛び出しました。

五万六千円、タクシー代です。

「裕が約束を破った」

と脩さんはがっかりしています。

〝裕なんか来るはずないのに！〟　わたしは、脩さんを抱きしめ、どんなに泣いたことでしょう。


こんなこともありました。よたよたと歩くパパと一緒に町を歩いていたときです。

「敬ちゃん」

と言いながら指差したウィンドウには、ケチャップスパゲティのサンプル。

「あれが食べたい」

そこでその喫茶店に入り、スパゲティを注文。脩さんの前にスパゲティが運ばれてきました。

わたしは声も出ませんでした。スパゲティを、十本の指で口へ押し込むパパの姿。顔中ケチャップだらけの、まるでおサルさん。

「おしいかった」

ケチャップだらけの顔がうれしそう。

――スパゲティは、嫌いだったのに…。

ああ、いとおしい、脩さん。幼児になったパパ。

息子を思う気持ち、行きすぎて一八〇度回転が狂って…、そこまで思われると、息子としては「有難迷惑」になるのでしょうか。

二〇一四年のバースデー

二〇一四年の八月二十一日、わたしの誕生日。脩さんの入院している病院から、ふたりで脱出。

ふふふ…、このベッドで、ふたり、愛をはぐくみました。数々の思い出が走馬燈のように、わたしの胸をかけてゆきます。

わずか、一時間…、いとしい脩さんは、苦しくて息も絶え絶えに、それでも話しあって…。

「敬ちゃん、ハッピィバースデー」

「オサム、サンキュウ」

わたしたちは、ポールアンカの曲を聞いています。

枕元には、脩さんからのプレゼント。

「敬ちゃんの誕生日は二十一日だから、二十一の光を放つペンダントだよ」

いつの間に準備をしていたのでしょう。脩さんのすることは、本当に謎でした。

しずかに、うっすらと灯を放ちます。そして静かな外国の曲、まるで子守唄のよう。

それに、脩さんのプレゼントは、ランプの形をしたスタンド。このスタンドもスイッチを変えると二十一色の灯りを照らし、なんと、目覚ましがわりに、

「敬ちゃん、はやく起きろよ」

と、脩さんの声が聞こえます。

脩さんが考案して、作ってもらった一点もの。そして男女二体のお人形。

「内助の功への、僕からのプレゼントだ」

夢なら覚めないで…。

外では車を待ってもらっていましたから、一服、お茶をたてて、病院へ戻りました。

脩さんの亡くなる一日前のことでした。

敬ちゃんを守るから

敬ちゃんを守るから

ガンの末期の宣告。その三か月後に、脩さんは、死を迎えました。

二〇一四年八月二十五日

二十年間の間、数えきれないほどの難事にあい、数えきれないほどの涙を流し、幼児に帰った夫。愛しい。

脩さんは亡くなる前、プラカードを持って徘徊する前のこと、コスモ石油本社の方に相談していたようです。裕を部落から助けだしたいと、狂ったような文字で。

脩さんが亡くなり、本社の方よりお便りが送られてきて知りました。

〃なんの力にもなれなくて〃と、脩さんの好きだったものを差しあげてくださいと、お金が同封されてありました。そして、〃宮本さんのような温かで穏かな方が、どうしてそんなことに…〃と、脩に対してお気を配ってくださって。ありがたいことです。

また、数日前に来てくださった民生委員の方も話してくださいました。脩さんがその方の家に上がり込み、泣きながら訴えたそうです。やはり、〃なんとか部落から救い出したい〃と。

脩さんはその苦しみから解放されることなく…、残念だったに違いありません。

脩さんの亡くなる一時間半位前の声を、わたしは録音しています。

「おじいちゃんの言ったとおりだった。ライオンは我が子を千尋の谷へ落として、昇って来る子だけを育てるとか。やはり僕たちは裕の我がままを許しすぎたんだね」

サラリーマンの悲哀を感じていた脩さんは、息子には大学へ行かせてやりたい、自分と同じ思いはさせたくないと、裕にできる限りのことをしてやったのでしょう。親の心は子どもに通じず、結果、我がままを許すことになったのでしょうか。わたしは、

「そんなこと言ってないで、一日も早く退院できるようにしましょうね」

すると脩さんは、

「そうだね。それが、敬ちゃんにしてあげられる、一番喜んでもらえることなんだね」

「そうですよ、おさむさん」

「退院したら、ふたりで旅をしよう。まずは近い琵琶湖だね」

民生の方が私たちのこんな会話を聞いていて、

「なんとまあ、仲のいい夫婦だ」

と笑っていらしたのです。

そのあと間もなく裕が病室へやって来ました。何も言わず立っています。

「ゆたか、おいで」

と脩さん。二、三歩近づいた裕。と、踵をかえすと、出て行ったのです。

声を掛ける間もありません。民生の方は、

「なんとまぁ」

と、あきれるばかり。

すると、突然、脩さんの容体が急変。

ブザーでナースを呼ぶ。

ああ、脩さん、息が止まっている。わたしは脩さんの上に馬乗りになると人工呼吸。

「おさむさん、おさむさん」

青白くなっていく脩さん。

「おさむさん、おさむさん」

〝今までお話ししてたのに…〟

「敬ちゃん」

声が聞こえました。薄く目を開けた脩さん。

「わたしひとりでは生きていけないよ。おさむ、おさむ」

「わかってるよ、大丈夫だよ。敬ちゃんを守るから」

そしてまた、息が止まる。わたしは脩さんの蒲団の中へ入り込む。手の指先が暖かい。脩さんを抱く。脩さんの力がゆるくなる。

——こうして脩さんを抱いていたい…。


パパの検死が終わったとき、裕がやって来ました、笑いながら。

「パパの死目にもあえず、親不孝者」

わたしは咄嗟に彼の頬を、泣きながら叩いていました。そして、腰の抜けたわたしは、その場にしゃがみ込んでしまいました。

——敬ちゃん、僕がずっと守っているよ…。

脩さんの声が聞こえました。

こんなことってありますか

不思議なことがありました。

脩さんからの八月二十一日のバースディのプレゼント。その光のスタンドの下に、小さく折りたたまれた紙を見つけました。その紙には、〝弁護士に手続きできている〟と書かれてありました。

わたしはその手で、弁護士へ電話を入れます。すると、あの堅物で融通のきかない、法律しか頭にないような先生が、青くなっている様子が読みとれるのです。その話とは、こうでした。

「実は、宮本脩さんが、八月二十五日に、実印を持って、青い顔をして、私の事務所に立っていらっしゃる。そして、

〝この一億円の借財は、妻敬子が支払うことになっているけれど、裕に十八年間、その七分の一を負担するようにローンを組んでいます。しかし、長い間、敬子に犠牲を払わせてきました。

もはや、裕の心が部落から離れる見込みはなしと、僕はふみました。父親として努力しましたが、すべて無駄であったと悟りました。妻敬子も八十を越えて、この借財は払いきれる道理もなく、妻の死後は裕が払っていくようにしたい。書類を書きなおしていただきたい〟

と言われたんです。

話としては筋が通っています。十八年続く親子の論争については、敬子さんから聞いて知っていましたから、書き換えました。実印もあるし、本人だし、異存なし、とサインしました。夜中遅いので車でも呼びます、と言っている間に、彼は消えました。えっ、どこへ行ったんだろうと思ったのです。が、あとで、八月二十五日に亡くなられた、とお聞きして、あらためて書類を見ますと、押印は、朱肉ではなく、血で押されたものでした。血肉だったんです」

調べてもらったら、それはO型でした。脩さんは、正にO型なのです。こんなことってあるのでしょうか。

確かに、あったのです。

脩さんの腕時計

主がいなくなっても、一秒の狂いもなく、時を刻みつづける。五十年間、照る日、曇る日、雨の日も、脩さんの腕に、脩さんの腕時計。

新婚旅行に、毎日の通勤電車に揺られ、脩さんの靴音に合わせて、チッチッチッと小さな音。今はわたしの手の中で、チッチッチッ。

〝おさむさん〟

わたしは時計に呼びかけてみます。すると彼は応えます。

「チッチッチッ」


脩さんは美術大学へ行きたかったのです。

脩さんのデッサンは、素晴らしい。

子どもに学費もいらなくなり、夢だった美大へ行こうとした矢先、大中によって壊された私たちの人生。でも脩さんは夢を捨ててはいませんでした。

末期癌と告げられて、でも脩さんは夢を実現したのです。

亡くなる一か月まえ、二〇一四年の七月末に京都の美大を受験しました。

そして、八月末、通知が届きます。合格通知が…。

「脩さん、合格通知が届いたよ」

合格通知を脩さんに渡しました。でも、返事はありません。

「脩さん、合格、おめでとう」

しばらくの間、わたしは泣き止むことが、できませんでした。

仏壇の合格通知が、はらりと、わたしの膝の上に落ちてきました。

「おさむ、さん…」

コスモ石油さんからの手紙

たった今、脩さんがお勤めしていたコスモ石油さんから、書留と、そして小さな小包が届きました。

どうも脩さんは生前、わたしを過大評価していたらしいのです。

「現在僕が居るのは、家内敬子の内助の功があったからで、山之内一豊の妻にも勝るとも劣らない存在です」

と。そんな報告があった、とのことで、〝OB交遊会〟より、わたしにも金一封が届きました。

いただいた手紙には、〝定年後の息子さんとのバトルの涙でしょうか、脩さんの手紙に涙のような滲みがありました。二十年、大変だったのですね。「高校卒の悲哀を味わい、家内に言い尽くせないほど苦労をかけました」と、綴られてありました。「終わり」ではなく、「完」で〆てありました。その二十日後に、宮本さんの訃報を知りました〟と。

そして、〝たどたどしい字で、斜めになったり…、あの几帳面な宮本さんが、と思いました〟と。

脩さん、傍にいてね

ラッキーと脩さん

　ある日、猫のラッキーが脩さんの仏壇の中で座っているんです。

「駄目よ、そこはパパのお家なんだから」

　わたしが言うと一声、

「ニャオー」

　と淋しそうな声を出して出てきました。

「まぁ、まあ、よくそんな狭いところへ入れたわね。でも、もう、駄目ですよ」

　ムニャムニャムニャと、いつも脩さんの胡坐の中で育った子です。

ニニニニニと、お乳とまちがえて脩さんのももを踏んでいた子です。きっと、「パパは?」「パパは?」と、わたしに聞いているのでしょう。

仏壇の中に入ったらパパにあえると思ったのかなあ。


そう、二十一年間、ふたりと一匹は運命共同体、かたく結ばれています。

ラッキーは、人の年齢にすると、なんと百十歳なんですって。本当かしら？

まぁ、ラッキー、よく頑張っていますね。

「ラッキー、おはよう」

「ニャー」

思い出すことども

お茶を一服

脩さんが亡くなってから、少しずつ身の廻りを片付けてきました。今日、娘時代の茶器一式が出てきました。ひとりで茶を点て、ひとりでいただきました。なつめもふくさも、古いけれど懐かしい。脩さんとの思い出を噛み締めています。

脩さんと初めてのデートは、二条城での野点でした。脩さんは、まったくマナーがなってなくて、恥をかいたことを思い出しました。

それから、その後、茶室でのマナーをすべてマスターしたのです。脩さんの喜んだ顔…。

お茶を一服、仏前に供えました。

「脩さん…、いい香りでしょ」

家族の音楽会

パパは尺八、ママは三味線。兄の睦巳はバイオリン、弟裕はピアノ。ああ、なんて幸せな家族だったことでしょう。思い出すと、今でも暖ったかいもので胸いっぱいになるのです。

そうそう、よく公民館を借りて音楽会をしましたっけ。パパと睦巳の腕は抜群、裕が五歳ころで、裕の出す〝ド〟の音に、三人は音合わせしましたね。

パパはよく、

「首振り三年、と言って尺八は難しいんだぞ」

って、言ってましたね。

音楽一家、だったんです…。

今も、床の間には、手入れした三味線が、尺八と並んでいます。

一回だけ、と、昨夜、三味線をひきました。

〝津軽じょんがら節〟

雨戸を閉め切り、ひとりで弾きました。脩さんの尺八の音は、やはり聞こえません。

朝の五時ごろまでひとりで爪弾いていました。そして、尺八も三味線もきれいにして箱に入れ、ふたつ並べて、封印しました。思い出すと苦しくなりますから。

津軽まで買いに行った三味線です。重いのです。昔は三味線だこができていました。指から血が滲んでいました。今日も血が滲んでいます。

あのとき

写真を見ています。高槻の家の棟上げ式。

あれだけ渋っていたパパを、三年がかりで口説きおとした裕。パパは、我が子への〝信頼〟という二文字を手に書き、裕を信じて、家を建てることに踏みきったのです。

「裕、覚えていますか。やっと、二十六坪だけど、南向きの土地が見つかりましたね。真南向きということで、お値段は倍かかりました。自分の思いが叶ったというのに、裕は棟上げ式にはきていませんでしたね」

わずか二十六坪、小さなお家。それでも一軒の家が建ち上がるまでには、なんと多くの方たちの手を経ていることでしょう。

脩さんも会社を一日お休みして、ご近所への挨拶などなど。…いろいろ思い出されます。

写真にまた、目をやります。たくさんの写真。でもやっぱり、どこにも裕の姿はありません。このときにも〝ある人物〟の指示に従って、裕は来ていなかったのだと、今になってわかるのです。今となっては、どうしようもないことです。

が、パパを百パーセント納得させて完成した、親子三人の二世帯住宅。いざ、堺から高槻へのお引越し。

あとは裕のお嫁さんさがし、早く見つかるといいね…と、大きなローンをかかえたけれど、喜びいっぱいの幸せな家族三人。マッチ箱のような家で三人、そう、祝杯をあげて笑いあったものでした。それが、ほんの一瞬の喜びにすぎないことなど思いもせず…。

それから二か月経ったある日。

パパの大きな声。三階にかけ昇ると、「家出します」の、たった五文字が残されていました。何もかも消えていました。いつの間に道具を運び出していたのでしょう。そこには、裕のエレクトーンだけが置き去りにされてありました。

パパとママは力が抜けて、しゃがみ込んでしまいました。そして、泣きました。

「こんなのひどいよ」

「ひどいよ、親をペテンにかけるなんて」

パパは、〝信頼〟の二文字を握って、

「裕を信じた」

と泣く。ママは、

「わたしが甘やかせてしまったのかもしれない。パパ、ごめんなさい」

　ごめんなさい、としか、言葉が出ません。

　そのとき脩さんが、突然、柱の角に頭を打つのです。

「裕を信じたのに」

　と、何度も、何度も。

　眉間が割れ、血が溢れ流れます。

　病院に搬送される脩さんに付き添いながら、こんなことがあるなんて、こんなことが…と、繰り返し心の中で言っていました。

　そのあとの日曜日。裕の買ったばかりの車も、消えていました。音も無く。

　親というものは、優しさばかりでは子は育たない、愛のムチが、ときには必要。わたしたちは、息子の我がままを許しすぎたと、後悔するのです。

そして、

「このときはまだ、〝ある人物〟の仕組んだ計画にはまっていたことには、気づいていなかったのね」

と、ひとり、写真を見ながらまた涙するのです。

電話

支えを失い、手さぐりで逆風に向かって、命の続く限り。事実、今日も無事に通過して…。明日になるのが怖い…。

午後十一時半、電話のベルが鳴りました。自由のきかない身体で急ぎ受話器をとる。若いらしい男の声。

「ゆたかさん、ひどくいじめられた。顔の黒いのは殴られた跡です。助けてあげてください。二回、棒で殴られています。口から血が出ました」

「どういうことですか」

わたしが詳しく聞こうとすると、

「切ります。警察に届けたが相手にしてくれません」

言うなり電話は切れました。

これだけではよく分かりません。

が、確かに裕の顔には黒いシミがふたつありました。

…どうして、「ママ、助けて」と言ってくれなかったの…眠れそうにありません。

脩さん、帰ってきて。傍にいてね。

善光寺さん、満願の日に

脩さんの十年の願

脩さんは、その生涯を閉じるまで、血反吐《ちへど》を吐きながら、半狂乱になり、息子を悪魔の手から救おうと、どんなに戦ったことでしょう。

尋常ではない相手であることがわかったとき、自分の、いや、人間の手では、いとしい我が子を救えぬ虚しさがわかったとき、

「これからもがんばりますから、どうぞ、わずかなりともお力をお貸しください」

と、善光寺さんへ、〝十年の願〟をかけました。それなのに、その十年が待てず、あと一年を残して旅立ちました。癌で締め括りました。

平成二十七年十月十日

今日は十月八日。

裕が出会い系サイトで大中とき子と出会い、大中守の企てに乗って家を出てから二十年が経ちました。

裕が大中にあやつられるようになって十年後が始まりでした。夫、脩さんとふたりで、善光寺さんへ十年の願かけをすることになりました。どんなことをしても、わたしたちの力では何ともならず、神頼みにすがることにしたのです。

平成二十七年十月十日は、その満願の日。脩さんが亡くなり、脩さんの希望どおり、裕と善光寺へ出かけます。

十月八日、裕を、ただただ待っています。

見えにくくなった眼で、手さぐりで準備をします。バッグの中に、わたしの難病の薬、リュックサックに紙おしめ。

裕が切符一切を持っています。信頼の二文字を握りしめて待つのみ。

明日は九日。十日にＪＲ駅で午前八時に待ち合わせの予定です。が、なんの連絡もつかず、不安な時間が過ぎていきます。

満願の日をたのしみにしていた脩さんの顔が浮かびます。そして、〝やり残したことがある、死にたくない〟と言っていた脩さんの顔、その思いがわたしのすべてを包み込んで、夜が更けてゆきます。


十月十日午前七時三十五分。

裕が来ました。

「おかえり」

裕は何も言いません。わたしはもう一度、

「おかえり」

「ふん」

タクシーを七時五十分に頼んでいました。

脩さんの「十年の願かけ」の満願の日です。脩さんの代理としてのわたしです。

うれしいことに、裕とふたりで善光寺さんへのお参りです。

わたしたちは、車中の人となりました。

夜明け前から作ったお弁当。

「はい、お弁当」

裕は、見向きもしません。

「食べて」

目をつぶり、腕組みしたままの裕。まったく反応はありません。

わたしひとりで食べています。裕の好きだったものばかりで作ったお弁当。

列車に揺られながら、遠い景色が、かすんで、消えて、ゆきました。

善光寺さん

善男善女が手を合わせ、参拝しています。

八十近いお歳を召した、執事職の方が、座ぶとんから降りられ、手をついて、

「よく、いらっしゃいました」

　と、ご挨拶くださいました。そして裕に、

「お父さんは、毎年おいでくださいました。いつも、お子さんたちのお話をされるときは、目を細めて、ご自慢気に話されていましたよ。やさしい方でした。よく、お父さんの代参をなさってくださいましたねぇ」

　いろんなお話しをしてくださいました。わたしは、〝たいへんありがたい〟とお聞きしながら、裕を見ておりました。裕も、何かを感じてくれているのでは、と。

　彼は、下目線でふんぞり返り、身じろぎもせず、聞いているのか、いないのか。

　夜のお勤めは、宿坊の方が手を引いてくださいます。地獄道を通り…、一寸先は闇。知らない者同志、助けあいながら、手を繫ぎ、無の境地になれる一瞬です。

裕は、もちろんわたしとも手を繋がない、隣の方とも。わたしの先頭を行く方が宿坊の人なので、

「お母さんの手をとってあげて」

と、闇の中で声だけ響きます。

「地獄はおたがい助けあわなくてはね」

と。

善光寺では、ほとんど会話はありませんでした。宿坊の方々におせわになっているのを、ただ裕は、じっと見ているだけでした。とても冷たい目。わたしが、

「ちょっと、掴まらせて」

と言っても、わたしの手を払うだけ。

石畳の参道も、ゆっくり行けば、車椅子でもそんなに身体にはこたえませんん。でも裕は、ガタガタと石畳の参道を車椅子を押しながら、突っ走るのです、ガタガタガタッと。

宿坊の方が、善光寺の由来などをお話しされて、みなさんがゆっくりされているのにおかまいなく、突っ走るのです。

宿に戻り、わたしが話しかけると、

「うるさいんだ！」

「二人暮らしでひとり言が多いので、ごめんね」

でも、二十一年ぶりに枕を並べて…、うれしかったのです。朝、うれしくて、

「ママはね、裕と一緒に寝られて、うれしかった」

「どうだか」

と裕。宿の方も、

「でも、お母さんはうれしかったんですよね」

と、同じことを言ってくださったのです。

「どうだか」

同じ返事が返ってきました。わたしは、泣きたいのをこらえるのが、
精一杯でした。


帰りの列車では、同じ席に座らず、どこへ行ったのか。京都までの三
時間、一言もしゃべりませんでした。一言、

「うるさいんだよ、だから嫌なんだ」

とだけ…。

善光寺へお参りの折、裕を見ていた執事職の方から、

「息子さんに、一度精神科のカウンセリングを受けさせたらどうですか」

そう、言われました。

同じことは、樋口ドクターにも言われていました。樋口ドクターは、私の主治医です。トラブルがあり、駆けつけてくださったとき、そこにいた裕の態度を見ていて、そう、おっしゃったのです。

「あれは、ちょっとひどいよ、敬子さん。脩さんは亡くなったけれど、あの世できっと、あの子のことが気がかりになっていると思うよ」

息子のために身ぐるみ剥がされ、あの手、この手で窮地に追い込まれた父母。裕は、部落という隠れ蓑の中で、それらを、してのけたのです。

〝父親、母親をどう考えているの！〟

善光寺　中村執事さま

「中村さま
今朝ほどは、お電話いただきまして、ありがとうございました。
この世では、二人の子どもに恵まれましたが、神仏からのお預りした大事な嬰児を、責任をもって立派に育てあげることを二人で祈り、誓いました。立派に育てて、神仏にお返しする時が来るまでと。ですが、その誓いもむなしく、悪魔の手に…、倫も私も、命を懸けて戦いましたが…、こちらにも隙があったのでしょうが…、相手は裏街道を大手を振って歩く、法律も跨《また》いで通る輩、弁護士もたじたじ。
どうしても、倫の敵を討ちたく、あのおとなしい倫の敵を討ちたく…。

脩の最期は悲壮なものでした。ふたりの子どもは、来ませんでした。脩、敬子は余程、前世で悪いことをしていたのでしょうか。それでこの世に修行に出されたのでしょうか。

苦しみの修行ですが、それに耐え、老婆ひとり、何年かかるか…十年…。食うか、食われるか…老婆の命、殺すか、殺されるか…。

脩は闇に葬られました。その敵だけ打たしてください。善光寺さんのご加護がいただけますように、ご住職さまに、どうぞ愚かな老婆に、ご加護がいただけますように、健康で成就できますように。

もうひとつ、恥を申します。

私は、パーキンソン病が進むにつれ、おしっことうんちの垂れ流し、いつ出たのかの感覚がありません。おしめはしていますが、旅ができないのも、そのひとつです。夜など大変です。

いろいろな困難を抱えています。私は脩より三歳年上で、八十三歳です。善光寺さんにお参りに行けなくなる可能性は、強くあります。私の心は善光寺さんにあります。

中村さま、わたしの心をお取次ください。

合掌」

善光寺さんに永代供養をお願いしました。本当は、脩、敬子のお墓をつくりたいのです。ふたりも子どもがいるのに…時々、お参りにくる…要するに、墓を見てくれる、継いでくれる者がいないのです。〝宮本〟の姓は、わたしで終わります。少し、悲しい、です。

ですが、今の世の中、永代供養する方が多いそうですね。でもわたしは、本当はお墓が欲しいのです。

裕の怒りはなに？

近隣の方のお話しでは

裕に罰が当たったみたい。

とき子は浮気な女ですから、数多くの男と接触していて性病になったのだそうです。

その後、裕はセックスをまったくしていないのだそうですが、同じお風呂に入っていますから、それで移ったとかいう話です。

オチンチンの先から化膿して、痛くて唸っているとか。病院に通院しているとか、大中の家の近所の方のお話しです。

裕、小さな（わたしたちの苦しみからみれば、取るに足らないほどの）、小さな罰が当たったみたいですね。

大きな立派な家を、まるで、マンション一棟分のような大きな家を、大中は建てました。でも誰も、相手にしてはくれないそうです。大きな家は、孤立しているのだそうです。

それに訪れる人もいないとのこと。家の中には、他人は誰も入れないのだそうです。

でも、時には乱交パーティーをやっているとか…も。

それで思い出したことがあります。あまりにもおぞましいことなので…、書くのを躊躇していたのですが…。

裕の子どもが産まれたあと、とき子は子宮摘出の手術をしたのです。

裕はヘルパーの仕事をさせられていて、週の内、三晩は夜勤ということですが、あるとき裕が夜勤から帰ると、大中守の声が聞こえたのです。

「子宮はなくなったから、いくら浮気をしても裕にはわからんな。親子でセックスもできるな」

そう、とき子と話しているのです。

なんという、気持ち悪さでしょう。

このことを裕から聞いたときにも、わたしは、

「逃げておいで」

と言ったのですが、帰ってきませんでした。

こんな感覚の、孤立している誰も訪ねてこない、いったい中では何をしているのかと不審がられている、そんな大きな家の中で、裕は梅毒を移されているのです。

裕、梅毒では、目は覚めないのですね。

裕の怒りはなに?

突然、裕の来訪あり。びっくりです。

善光寺参り以来、何日も経っていません。

「マーケットに買い物に行きたいから、つれて行って」

裕に頼みました。マーケットまで突っ走ります。車椅子ごしに、裕の煮えたぎる怒りが伝わってきます。参道を走ったように、マーケットまで突っ走ります。

彼の顔に、黒い大きなしみが二つ、増えていました。わたしが、脩さんが愛した息子なのかしら、本当に裕なのかしら。悲しい。

近くの電気屋さんに、

「電球が切れたようなので、外してね」

「あぁ、いいですよ。あっ、息子さんですか、いつもお世話になります」

と、電気屋さんが頭を深々と下げられました。

裕は、善光寺さんのときと同じ、知らん顔しています。

近所の方にあっても、

「わたしがいつもお世話ばかりかけている方よ」

そう耳打ちしても、知らん顔で車椅子を走らせます。

マーケットでは、

「金がないのにそんなに買うのか」

と、怒り出すのです。

裕の心にひそんでいるのは何？　二十一年の間に飼育され腐ってしまった魂なの？　クローン人間、なの？　非人間だもの。

脩さんは、やっと裕から離れられたのかもしれません。

裕に、

「有難迷惑だ」

と言われた脩さん。

多額のお金を出させられ、退職金では足りなくて、ローン地獄に。その上、僅か二十六坪の家を狙っているのです。

「家を売って老人ホームに入れ」

裕の口を通じて、大中の声が聞こえます。大中には生まれながらの身障者として、国から多額のお金が出ています。にもかかわらず、四十年働いて頂いた、老後にと大切にしていた退職金も奪い、まだ飽き足らず、こんな小さな、老女がひとり住んでいる家までも狙っているのです。

わたしはパーキンソン病、再生不良性貧血、血が止まらなくなる病気です。でも裕は、わたしが倒れると、

「そんなところで寝るな」

と蹴るのです、怒鳴りながら。洗脳されて縮まってしまった心で、親子としての話はできなくなってしまったのです。

やさしい子でした。丸くてきれいな目をした子です。今の裕は目は吊りあがって、ギラギラしています。穏やかな会話はできません。

裕の怒りは、いったい何なのかしら。あなたは、どこに向かって何を怒っているのですか。もしかしたら、日々の大中での暮らしが、自分の居場所ではない瞬間を、知らず知らずに感じていて、少しずつ積もったどうしょうもなさが、母にぶつける怒りの形になっているのではないのかしら…、そう考えては、わたしは、自分の力の無さに涙がこぼれてしまう

のです。

脩さん、脩さんは裕の心の中に入ることができるのですよね。教えてください、わたしはどうすればいいのですか…。

わたしも、どうぞ、つれていってくださいな。脩さんの世界に。

大きな落とし穴

ある方から部落についての話を聞きました。

「新しい血をもらうために、〝あんたが大将〟とおだてて、大事にしてくれて、片時も離さない。逃げられないように、小さな子にアメをしゃぶらせておくようにしておく」

わたしにとっては、聞いたばかりの話ですが、
「絶対に目は離さない。大事にはしてくれるけど、一銭たりとも自由にはならない。大事にしてくれるけれど自由はない」
そう言えば、裕はお金を持っていません。

このごろ、大中の奥さんと話をしたいと、わたしは思うようになりました。裕をとり込んだ大中、その奥さんと。聞くところによると、病気で寝込んでいる、とか。

でも、母親として、自分の産んだ子どもが裕のような立場になったら、どうするのか、他人の子の裕が大中の家にいるのを、どう思っているのか、彼女の耳には入らないのか、それとも、娘の婿にきてくれたやさしい男と思っているのか。母親なら、自分の主人大中が誘拐同然に連れてきた

裕の両親は辛いだろうと考えないのだろうか。

事実を知れば、母親なら、〝他人の子を誘拐して！〟と怒り、〝すぐに親元へ返しなさい！〟と、怒り悲しむのではありませんか。

大中のいないときに、〝お母さんが心配しているよ、早く帰りなさい〟と忠告するのではないでしょうか。

子孫繁栄のために、でしょうか。裕は種馬同様なのでしょうか。

金銭的に、また行動も自由にならず、二十一年間、一泊も許されず。

そう言えば昔、

「一泊するから一万円」

って、手を出していたのを思い出しました。

「三泊でも、四泊でも」

と強気で言っていたけれど、帰るときには、

「ごめん、本当にごめん。また来るから」

そう謝りながら帰って行きました、いつも。時間的に制限されているのかなと、そのときは不思議に思っていましたが、最近聞いたお話しで、なんとなく納得がいくような気がします。

ある方は、

「逃げる気があるのだったら、誰の道でもないのだから、突っ走って逃げてくることもできるはず。来ないということは、今の場所に満足しているからだろう」

と。部落の謎、大きな落とし穴を見つけたような気がします。

人間のすることに、完全無欠ということはありえません。神さまでも、たまには…。

子孫繁栄のために…なのでしょうか。裕を通じて、今になって、部落の人について詳しく話してくださることとが繋がりました。

とき子が子どもを産むとき、なぜ京都ではなく、わざわざ大阪に移って産んだのか、おぼろげながら理解できました。

が、やはり、わたしの思いは納得していません。そのためには、裕が心を開いてくれないことには、わたしにとっては、永久に謎となるでしょう。――裕が大中に対して反感を持ち逆らって、死を覚悟したらのことでしょう。裕には、それだけの勇気のないことはわかっています。

今までの裕の、わたしにとっては不可解な行動の謎も解けました。同時に、大中という男は何としても許せない気持ちは、ますます大きくなりました。

脩さんの〝宮本〟姓を返してほしい。大中とき子には、絶対に、〝宮本〟

を名乗ってほしくない、絶対に。
出発点から間違っていた二十一年。
裕は、いったい、どんな甘い言葉に、人生を捧げてしまったのでしょうか。
大中は笑っています。
「あの馬鹿息子、オレをまるまる信じ込んでいるぞ」
と。

裕は闇の中に

「部落の人たちは、国で保護されているので、少々のことを犯しても掴まることはない、と踏んでいる」

部落について詳しい方から、そう聞きました。だから、いくら頑張っても裕を取り戻すことは難しい、と。

これって、わたしたちが国から差別されている、なんてことではないのかしら。

「顔は苦渋に満ちて、それでも抜けられない恐い組織なのだ」とも聞きました。

でも、わたしのお世話になっている友人は、部落出身の方ですが、十五坪の小さな家で、慎ましく、クリーニング店を経営しています。わたしにとっては、大切な友人です。

そんな方も大勢いらっしゃるのです。

そんななか大中は、自分が直接手を下すことなく、肥え太ってゆくのです。若い青年を出しにして。

大中に対してわたしは、部落、という言葉でくくりたいのです。わたしたち家族を地獄に落としいれた部落の大中、です。部落の闇の部分です。

どこの家庭でも同じだと思うのです。〝ふたりが好きあっています。一緒にさせてやってください〟と、親同士の話があるでしょう。

嫁になる人も、その両親とも、顔を合わせたこともなく、結婚式も通知がないままに済まされている。

これが大中のやり方。

「裕、そんな出発で始まった生活、ペテンにかかった偽りの人生を歩むことに、どうしてあなたは気付くことができなかったの。そして、それが、父母を嫌いと思わせる原点となっていることに気付けてなかったの」

――ほんとうに、哀れでかわいそうな裕。

守られているのに…

裁判所で、

「法律が変わってしまったので…。ただ、筆を持つ人が書くことまでは禁じられていないので…」

と、聞きました。

また、地方裁判所でも聞きました。

「部落が解放されて法律が百八十度、転回しましたよ」

大中は、その傘の中で、悠々と、弁護士や警察などに対してはどこ吹く風と、やりたい放題やっています。

警察の方も、国で保護されている部落の人には、余程のことがない限り手は出せないとおっしゃっています。

「もちろん、事が起きれば出動しますが、ただただ、指をくわえて見ているだけです」

と。

実は、高槻警察の方のお話しでは、大中だけのことではなく、

「部落の方の横暴さが目に余る」

とのことです。そして、わたしだけではなく、

「親御さんの泣いておられる姿はありますが、どうにもならない」

とも。

一種の宗教ですね。部落に逃げ込めば安全、ということです。

部落の方たちの中には、わたしたちにもよくしてくださり、とても慎ましい方もいらっしゃいます。わたしの仲の良い、私にとって大切な友人も、部落の出身の方です。

〝部落〟という言葉も、本当は使いたくありません。だって、みなさんが、〝無謀な方〟なのではないのですから。

ただ、わたしたち一家を、言葉に表せないほどの悲惨な目に合わせた

大中が、部落の人だった、ということです。

そして、わたしと同じような苦しみで泣いていらっしゃる親御さんたちも、大勢いらっしゃる、ということです。

どうして、そんな非人間的なことをするのか、何のためかは、わたしには、わかる由もありません。が、ひとつには、〝お金を奪う〟ことが目的です。

そのためには、財産のあるものを狙うのでしょう。でも、それならどうして、宮本家が狙われたのかは、謎ですが…。


どちらにしても、あんなに国から守られている人たちなのに、わたしたちと異なって、生活が安定しているのに…、もっと、もっとの思いが、犯罪に近い行動をさせてしまうのでしょう。止めようがないまでに。

裕はその、手段として使われているのでしょう。

そうそう

思い出したことがあります。

脩さんが亡くなったあと、裁判では埒《らち》が明かないと、安倍総理に陳情にあがりました。安倍総理には子どもさんはいらっしゃらないとか、わたしと同じように何らかの特定疾患、難病でいらっしゃるとか。

答弁中も海外での業務時にも、お医者様が常に三人程控えていらっしゃる由、秘書の方に伺いました。

ヘルパーさん三人に付き添っていただき、霞が関ビルにまいりました。

「毎日、多くの方々が来られますので、わたしがお聞きします。総理には必ずお伝えします」

秘書の方は、そうおっしゃってくださいました。

仕方ありません。安倍総理が陳情にあがる人に会っていたのでは…、国の大きな問題を抱えていらっしゃるのですから。お願いしたいことを箇条書きにしてお渡しして帰ってきました。

当然のことでしょうが、その後、なんの反応もありません。安倍総理のダミーが百人いなくては、無理なことですね。

——全国で多くの人たちが泣いています。泣かしている側の人たちを、なんと呼んだらいいでしょう。ペテン師？　イカサマ宗教家？　詐欺師？

国で守られ、多額のお金が彼らに流れている――安倍総理にも、最高裁にも、とるべきは、これしか方法はないのですね。

わたしは、わたしにできることは全てやってきました。不自由な身体で。

ねぇ、裕

裕、ママは、もう少し、もう少し、もう少しと、自分に勇気づけながら、でも、毎夜、毎夜、泣き疲れて眠ります。

母は強し…母は海よりも深く、空よりも大きく…強くなれます。

裕、だから裕、刃物で傷つけられようとも、天下の王道を走って、走って帰っておいで。ママは大手を広げて受け止めてあげるから。

弁護士先生もみんな裕を迎えてくださいますよ。

ねぇ、裕、裁判したくても、裕が訴えなければ、大中との裁判は成立しないのです。メールでも伝えたでしょ。裕、わかっていますか。

悪魔を産んだなんて

父の声が

善光寺参りで気づきました。

脩さんと出会ったときから、このような苦しみが待っていたということが。愛されたときから、愛したときから脩さんとの別れが待っていたことが。

愛情のおもむくままに走りつづけた結果が、凶と出ました。

ペテン師大中と、裕を出会わせたのも神の悪戯なのでしょうか。

口先では強がりを言っていても、わたしの心の中は台風のように乱れています。今にも木々が倒れんばかり。必死で立ちすくんではいるものの、哀れなかげろうにしかすぎません。

でもわたしは、まだまだ死ぬわけにはいきません。

父の声が聞こえます。

「子どもを育てるということは、あるときは心ならずも愛のムチが必要だ。子どもに甘いお前たちの、責任だ」

と。

父の声で思い出したことがあります。

ある、霊的なものを見ることができる、という方がいらっしゃいます。その方が、こう言われたのです。

「この子は、お父さんが呼んでいます。こっちに早くおいで、と。この世では、そうです、大中とは離れられません。お父さんに呼ばれて、そう、今、からだをちょっと悪くしています」

そう言えば裕、このごろはいつ来ても、マスクをしています。メールでは、〝肋骨を痛めたが、肋骨だからギブスができない〟とも。

もしかして脩さん、これは脩さんの愛のムチなのですか。

わたしの納骨は誰が

大中を憎み、憎んで憎んだ脩さん。でも、裕を憎み切れなかった脩さん。どんなに息子を愛していたことでしょう。我が子を、どんなに胸に抱きたかったことでしょう。

今も、すぐ近くで、わたしと子どもたちが気にかかり、この世から離れられずに、そして裕を自分の側に呼ぼうとしています。

裕からメールが入りました。

「痛い、そして頭の中が苦しい」

と。

「胸が苦しい」

と。わたしはメールを返しました。

「パパが裕を呼んでいるのだよ。パパのところへ行って、パパに抱いてもらいなさい」

わたしも脩さんのところへ行きたい…。わたしの、この世での最後の仕事を、と、先日、善光寺さんに、永代供養をお願いしました。そしてその費用も送り終えました。

次は今年十月、脩さんの納骨に善光寺さんに出かけます。と考えていて、はっと気づいたのです。わたしの納骨は誰が…。納骨は血縁でないとできないのだそうです。他人では駄目なんて…、自分で自分の納骨なんてできないし…、わたしの頭の中は堂々巡り。

どうすればわたしは、わたしの納骨をすませ、永代供養に入れるのでしょう。わたしは、善光寺さんで、脩さんの横に妻として座ることができるのでしょうか。脩さんに抱かれることができるのでしょうか。

…わたしには、生、死の自由さえ、与えられていないのでしょうか。

裕の写真、見てください

裕の写真です（写真は掲載しません）

汚染されていない、二十一年前の写真です。エレクトーン教室での一コマ。

心のやさしい、笑顔の明るい裕です。ご近所の方たちも、いい息子さんですね、と、おっしゃってくださっていました。

間もなく家出をし、何年かぶりに帰って来たとき、近所の方には裕だとはわからなかったそうです。

「今の若い人は誰なの。まさか、裕君？　別人かと思ったわ」

それからは私たち、地獄の一丁目へと落ちていくのです。

もう、これ以上落ちることはないでしょう。今、地獄の底の底ですから。

裕が帰ってきて

石ころのように

二〇一五年五月二十二日。体調も悪く、寝たり起きたりのわたしの生活。

裕が帰ってきました。

なんということでしょう。

わたしは、まるで石ころのように投げつけられ、叩きつけられました、息子に。彼はわたしの髪の毛をつかむと、焼酎を無理やりにラッパ飲みさせました。息子が、です。

タンスの角で頭を打ったわたしは、そのまま朝まで気絶してしまっていたのです。

見て見ぬふり

二〇二五年十一月の今日、裕が来ました。彼を信じてスペアーキーを渡してあったのです。なんの前触れもなく来たのです。

彼は家に入るなり、

「お前、まだ生きてたんか」

目を吊り上げ一言。そして棍棒でわたしを殴りました。

「いつまで生きてるんや」

言うだけ言って、叩くだけ叩いて出て行こうとしますので、

「鍵を返して！」

と追おうとしましたが、足が痛い、横腹も痛い…。動けません。そのとき、

愛猫ラッキーが裕の足に噛みつきました。ラッキーも棍棒で叩かれ血を流しました。が、ラッキーは食い付いたまま離れません。

〝ラッキー、あんな奴に向かっても無駄だから、おやめ〟

〝ラッキーは人間で言うなら百十歳のお婆ちゃん。〟〝ありがと、ラッキー〟

裕はラッキーを蹴飛ばすと、出て行きました。

わたしはラッキーを抱いて、情けないやら悲しいやら。涙を落とすわたしを、ラッキーはじっと見つめていてくれました。


このことを、警察に電話で訴えました。

「相手は部落だから手が出せません。無視してください」

と、何度も何度も言われました。

これが天下の警察？　警察官のこの言葉はわたしを絶望へと引きずり

落とすのです。許せない思いで電話を切りました。

夫、脩さんも、結果、犬死。

裕を助けたくて、まともな生活をさせたくて、二十年をそれだけに捧げた人。

市役所の〝長寿生き甲斐課〟の人たちも、見て見ぬふり。どうして？　なぜ？　部落解放っていったいなんだったのでしょう。

時計は時を刻むでしょうか

裕にとってわたしは、〝仮腹〟で、親ではない、と言うのです。大中の子どもだと。

確かに、脩さんとわたしの大切な息子なのに、宗教的に大中から、そう言い渡されて、それを信じている、ということなのでしょうか。わたしと脩さんの人権は、どうなるのでしょう。それでも法律というものは、わたしたちの味方になってはもらえないのです。

近頃は、わたしの若いころとちがって、時計も安価になりました。脩さんが生きていたらきっとそうするでしょう、と思い、――たとえ〝仮腹〟だとはいえ――腕時計を、ふたりの息子に買いました。

昨日、裕がやってきたとき、

「はい、パパからのプレゼント」

そう言って渡しました。

裕はうれしそうにするでもなく、ありがとうと言うでもなく、黙って受け取りました。

裕が帰ってゆき、その夜、メールが届きました。

〝大中のオヤジにやったよ〟

…。

有余ったお金で買ったものではないのに…。

時計は間違いなく時を刻むでしょう。でも、誰の腕で。としても、時を刻むでしょうか。

怒りと悲しさを、どこへ持っていけばいいのでしょう。

睦巳を探してください

そんな、大きな家の「ヘイの中の面々」は、裕の兄、睦巳にまで狙いを定めました。

睦巳の勤務先のＮＴＴにまで魔の手が伸びて、睦巳は会社に居られなくなったのです。やっと人並の生活ができるようになったと、喜び合った矢先のことです。

幼少のころのトラブルで、学校生活が遅れてしまった睦巳です。弟の裕との格差は大きな心の傷だったに違いありません。睦巳は、裕が大学へと進むころ、家を出てしまったのです。どこへ行ってしまったのか。わたしたちふたりの親は、どれだけ探しまわったことでしょう。

どこにいるのかわからない睦巳の通帳に、わたしは七十万円を入金します。バイトなどしているのか、それが七十五万円になっていることもありました。

あるとき、睦巳から電話が入りました。

「睦巳！」

「元気だよ、心配しないで。食べ物は豊富にあるよ。ホテルや旅館の食べ物の残飯、ビールも、口も開けずに裏に捨ててあるんだ」

この睦巳の言葉から、彼は、いわゆるホームレスになっているのだとわかりました。

そのころ、中之島公園には、たむろしている人が多いと聞いて、脩さんとわたしは、何度も出かけました。

そこで、どなたかは定かではありませんが、そのあたりを管理している方に出あいました。

「宮本睦巳をご存知ありませんか」

「さぁ、ここは普通の人が来るところではないですからねぇ。探してあげましょう」

と、その方は、〝宮本睦巳さん、連絡ください〟と張り紙をしてくださったのです。

なんと睦巳はその様子を、薦《こも》をかぶって見ていたのです。不細工な姿を見せられなかったんだ、と、うーんとあとになって話してくれました。

彼が家出をする前から睦巳は、わたしの両親を、一週間に一度くらい訪ねていました。

「おばあちゃん、おじいちゃん、睦巳だよ、なにか作ってあげよう」

と、料理を作り、ふたりに喜んでもらったり、最期を看取ってくれもしたのです。

睦巳のその行為は、家を出てからも続いていました。わたしも両親のところへは行っていましたが、祖父母には、

「ママには言わないで」

と、わたしと会うことはありませんでした。

父は九十歳、母は百二歳で亡くなりましたが、睦巳は家を出てからも、十数年の間、祖父母の面倒をみに行っていたのです。

…ありがとう、睦巳。

そしてホームレスから立ち直った睦巳は、人さまより二十年くらい遅れたものの、NTTに入社することができたのです。

その睦巳にまで、魔の手が…、そして彼は会社を辞めて、姿をまた消してしまったのです。

だから今、睦巳と連絡がとれなくなったのです。家族にも居場所は教えられないのです。いつ再び、魔の手に襲われるかもしれないのですから。

一家離散です。

…あの子は、三歳保育のときに、保育園のブランコが勢いよく飛んできたのに打たれて、眉間が割れて…、生と死の狭間をさまよいました。命だけは助かりましたが、その後は〝てんかん〟という病を背負っての人生です。五十数年…。

睦巳を探してください。

行方不明です。…死んでいるかもしれません。

睦巳を探してください。

睦巳は、薬がなくなったら、死んでしまう身体です。睦巳は、故意に薬を飲まないようなことをすれば、死んでしまう身体です。

裕は、そんな兄を見下しているのです。そして大中の悪知恵に乗って、兄まで手鉤にかけたのです。

わたしは、〝仮腹〟で悪魔を産んでしまったのですか――。

裕がわからないのです

わたしは、「母」の一文字を、完成させたいのです。

「母」と。

わたしの背中に、何かが突きささったような痛みを感じます。

――裕が苦しんでいるんだわ――

そう、感じます。そして、

――なぜ、この子の苦しい胸のうちをわかってやれないのか――

と、頼りない母で申し訳ない、とも、思うのです。

携帯電話がつながりません。

メールをしても返事がありません。

そう言えば、裕が言っていたことを思い出しました。

先ず、大中がメールを見る。そのあとで裕に電話を渡して、

「メールで返事しろ」

と言うのだと。

でも、裕からのメールは届きません。大中が彼に見せないということなのでしょうか。

なんという仕組みなのでしょう。そんな日常に暮らす裕。

裕の心の中は、わかりません。


父親の死にも、姿を見せなかった裕。

しかし、その葬儀の日、民生ビルの前に、裕の姿があったそうです。

裕は、

「僕は親孝行をしていないから、葬式には出られない」

と言って、泣いていたということを、民生の方にお聞きしました。そのとき民生の方は、

「そんなふうに思うのだったら、お母さんと同居して、お母さんの面倒をみてあげると、きっとお父さんも、喜んでくれると思うよ」

と諭してくださったそうです。そして、葬儀にも出席させてくださったとのことでした。

わたしは、そんなことがあったとは、知りませんでしたが、民生の方は、その後の裕の態度を見ていて、

「あのときの涙は、空涙だったのか」

と、怒っていらしたとのことです。

「裕君って、並の人間じゃなくなっているね」

と。

「死ね」の筆跡

わたしの命のタイムリミットも、あと七年となりました。

おせわになっているT弁護士の忠告、
その1．僕以外の弁護士とも接触して視野を広めること
その2．すべて、口答だけでは駄目。一字一句録音すること
その3．写真を撮ること

「それでないと、大中のような人間に染まってしまった息子は取り戻せないよ。まず証拠。弁護士が手も足も出せない、法律スレスレの仕業。まっ

とうな道理の通じないのを、敬子さんは相手にするのだからね。

手を差しのべてくれる人にも、もちろんこの三カ条は必要だ。本に書くのなら、なお必要、実話だからね」

と仕込まれて、二十一年。

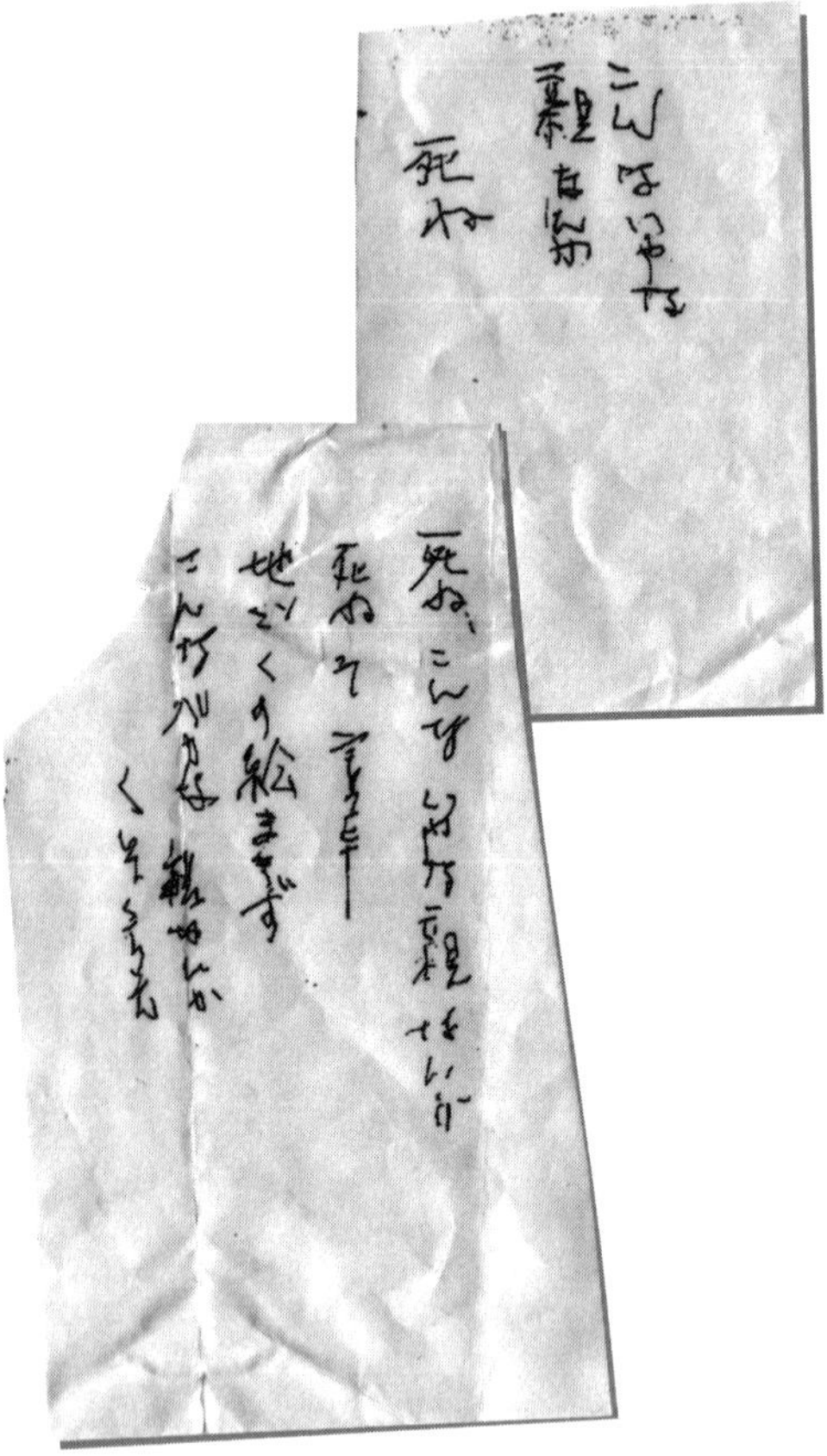

裕の書いた「死ね」のメモ。帰る度に、知らぬ間に部屋のどこかに一枚ずつ置いていく裕。誰が、こんな非人間的なことをせよと、あなたに言うのですか。こんなことは、まっとうな人間がやることではないというこど、あなたはわかっているはず。裕の心を切り裂いて見てみたいものです。そこに悪魔が住んでいるのか。

わたしは泣きながら、毎回そのメモを焼いていました。あるとき、T弁護士から言われた〝証拠〟という言葉が浮かんできました。

たった二枚でしたが、これは立派な証拠なんだと思い、筆跡鑑定に出しました。

わたしの目には、脩さんの字に似ていました。あぁ、やっぱり親子ですもの…。

それは、裕の筆跡に違いありませんでした。

また……

数日前から、体が痛くて動けません。病院で一週間、検査をしてもらいましたが、痛みのでるような特別な異常は認められません。

「精神的に立ち直らないと痛みは続く。奇病です」

痛み止めを、坐薬と点滴で。でも、とうとう今朝は起き上がれなくなりました。ベッドの上で苦痛に耐えています。

そのとき、裕から電話が入り、わたしは、藁をもつかむ思いで、この窮状を訴えたのです。

しばらくするとドアの向こうに裕の声が…、わたしはうれしい思いでロックされた電子キーを解除しました。入ってくるなり裕は、

「まだ生きてるんか」

と恐い顔をして…、

「早く死んでしまえ」

…、どういうことでしょう。狂ったままの親と子と…。

体の痛みと、胸の痛み。わたしはたまらなくなって、声を出して泣いてしまいました。

悔いを残した二人の親父

今日（二〇一六年五月十五日）、脩さんと話をしました。霊媒師のところです。脩さんは泣きながら、泣きながら、こう言いました。

「僕は敬ちゃんの側にいるよ。あとからやってくる人たちが、僕を越えて上に昇っていく。みんな蓮の葉の上で、お釈迦さまと暮らしているよ。けど僕は、敬ちゃんを、心細い敬ちゃんを置いていけない。僕ひとり〝楽〟を求めたけど後悔している。楽じゃないんだ、敬ちゃんのことが心配で…。敬ちゃん、敬ちゃんの好きなように、あるだけのお金、そして家は売って、楽しく暮らしなさい。少しでもお金が余ったら、老人ホームへ入って、もっと楽に楽しく日々を送りなさい。

子どもたちはもう、もう手に負えないだろう。敬ちゃんと僕は愛しあっていたけれど、子どもは産まれなかったと思いなさい。

敬ちゃんの悲しい顔は見たくない。昔の明るい敬ちゃんになってね、僕がついているよ。敬ちゃんの亡くなるときは、僕が背負ってあげる。そして、ちぎれるほど抱いてあげるから…」

長い長い会話でした。

自分の身を犠牲にしてまで家族を守ろうとした脩さん、でも守り切れなかった悔しさをこの世に残して…。

わたしの父も苦難の道を歩んだ人でした。

その父が、

「僕は女の子ばかり授かったけれど、敬子は男の子を授けてくれた。でもその大事な孫を助けてやれなかった」

と、…。青少年の育成に生涯を駆けぬけた父。

「自分の孫だけは、どうしてか助けることができなかった…」

と悔いを残して、全身癌に侵され、亡くなりました。大勢の青少年を救うことのできた父。国からの勲章を、

「こんな恐れ多いものをいただくわけにはいかない」

と言っていた父。偉大な父であり、裕にとっては祖父でした。

敬子の父

父と脩さん、二人の親父を泣かせた裕。

オギャーという産声、つきたてのお餅のようにやわらかい裕に、脩さんとふたり、うれしさに声を挙げて泣いたことが、昨日のようにありありと、わたしの脳をよぎってゆきました。

明日、泣きなさい

助けてください

息子裕は、現在五十一歳。二十一年間、ずっと言いつづけた両親への〝有難迷惑〟。

この世に生を受けたことを恨み、脩さんと敬子の間に生まれたことを恨み、恨み以外の何の感情も持たないクローン人間と化しました。

高校も大学も行きたくなかったのに〝有難迷惑〟と、全てを拒否した裕は、大中に唯一救われたと家を出て二十一年。

パパが裕のことでかけ廻り、病に倒れ入院しても、何の感情もなく、亡くなったときも涙ひとつこぼさず、見事としか言いようのないくらい無感情のクローン人間。

志半ばで心をこの世に遺して息を引きとった脩さん。脩さんは日本一のパパであり、夫でした。

息子に煮え湯を飲まされて、それでも信じていた脩さん。

「なぜ、僕が」だけしか言えなくなって、首に下げたプラカードには〝息子裕です。探してください〟。

「助けて敬ちゃん、裕を助けて」

と口ずさみながらこの世を去ったのです。

わたしは毎日、朝に夕に夫に手を合わせています。でも、わたしの心が安らぐのは、息子の裕が人としての気づきに出あうこと、そして、親の元へ帰ってくることにあるのです。

みなさん、とても恥ずかしいことですが、もし、このつたないわたしの、いえ、夫の嘆きを感じていただけましたら、そして、良い方法、裕を助ける、人間として再生できる方法がありましたら、お教えくださいませんか。

ラッキーに守られて

脩さんの亡くなるときには、わたしが側についていました。

残されたわたしは、淋しくひとりで人生に終止符を打つのでしょうか。いいえ、裕の屍を踏んづけてからにしましょう。命ある限り、大中と裕と戦いましょう。

でも…、どのようにしたらよいのか、わかりません。

年の瀬もせまりました。オートロックも鍵も取り替えました。昨夜から、安心して、ラッキーとベッドに身を横たえています。

ラッキーも、寄る年波には勝てません。数日前、裕が侵入してきたときに、勇敢にも噛みついたのです。裕にぶたれ、傷つき、痛むのか元気がありません。

　動物病院のドクターは、

「よくがんばりましたが、ご老体ですから、いたわってあげてください。忠ネコ・ラッキーですね」

と言われました。ラッキーはふた回りほど小さくなり、余程恐かったのか、わたし以外の人を見ると、歯をむいて怒ります。

わたしが死ぬときには、ラッキーが側についてくれるのでしょうか。

ご近所に、感謝

この家が建ちあがって間もないころ、放火された事件がありました。大事には至りませんでしたが、ご近所の方々に、

「部落の人がこの町にいては、枕を高くして眠れない。出ていってくれないか」

と言われました。仲よくしてくださっていた方までが…、わたしは外出もできない有様でした。これが、わたしたちがこの地で、村八分になったきっかけでした。

そのあとも、ガラスを割られたり、油で放火しようとされたり、ご近所の方が、出ていって、と言われるのももっともなことが続いたのです

から。

でも今は、みなさんに理解していただき、仲よくおつきあいさせていただいています。

脩さん亡きあとは特に、ご近所の方に助けられ、おせわになっています。……感謝……。

もう少しですよ、パパ

要するに、裕が無傷で帰ってくれさえすれば、それだけでパパもママも満足です。

神さまから預かった大切な子ども。立派に育てようね。そしてそのときがきたら、神さまにお返ししようね、と、パパとママは誓いました。

ママは、今、頑張っています、ひとりで。我が子をこの手で抱きしめるまでは…。もう少しですよ、パパ。パパの前へ連れていきます、素直になったやさしい裕を。

パパ、苦労したね。三人で笑える日はもうすぐです。そのときは、陰になり日なたになり見守ってくれつづけ、ママを助けてくれたラッキーもね、だから、四人ね。

パパ、その日の来ることを待っていてね。

神さま、恨んでもいいですか

失恋して、一人旅に出たい気分です。


わたしのお腹を仮宿にして、この世の光を手にしたふたりの子どもたち。わたしのお腹を借りて命を授かった、それだけのことだったのだと思います。神さまは、うぶな女性に子どもを宿して、その一生を、八十三歳まで泣かせる罪なことをなさったのですね。

神さまを恨んでもいいですか。

わたしに与えられた運命なのですか。

傷心の旅に出たい、心の旅に。

マップを胸にしていると、世界旅ができそう。

もうこの先は、迷わずに、ひとりの生活をたのしもう…、八十歳を過ぎたわたしには、もう、遅すぎたかもしれません。

人生は、一人旅ねぇ、やっぱり。

失恋して、一人旅に出たい気分です。

最後のレターペーパー

ママから裕へ
「三十四歳から現在に至る数々の怨念。その怨念に地獄の底まで突き落とされるまでに、まっとうな生き方に気がつけば幸せになれます」

霊媒師さんの言葉です。

…この仏間は、ママの安住の部屋になりました。

寝転がり、うたた寝するもよし、ソファに腰掛けて読書するもよし、心安らかになります。

裕にお金を全部奪われてしまい借金地獄におりますが、心安らかに暮らしております。

三木プルーンとか、編み物、編み物教室の先生とかもしています…。

裕は、親が一生懸命働くことを〝有難迷惑〟と言ってましたね。

…裕、軽い気持ちで、心安らかに、この仏間に帰ってきてね。待っていますよ、パパとママのふたりで。

地獄道から脱出したくても出られない裕。心の中は、いつも、やさしい暖かい手を持っていると、ママは信じたいのです。

でも今の裕は、一生、もがき苦しむのでしょう。親、子であることすらわからない、藻屑の中でさまよいつづけることでしょう。悲しみも喜びもない世界で、自分が何を探しているのかわからない哀れで、いとしい裕。

そんな裕を救い出すことのできなかった両親、わたしたちにも罪がありますね。

…裕、心安らかに、この仏間に帰っておいで。待っています、いつまでも。

母の言葉

わたしの母は、百二歳まで生きました。

今、その母の言葉が聞こえてきます。それは、

「明日、泣きなさい」

泣くなら明日泣け、という、きつい言葉です。明日になると〝明日〟は〝今日〟になるのです。明日は永久に来ないのです。

今日、泣き口をこぼすより、今日をしっかり生きて、明日泣きなさい。今日は泣いてはいけません、明日に希望をつなげるのだよ、と、脩さんとの結婚前夜におくられた言葉でした。

敬子の母

しっかりと心にとめた若き日のわたしでしたが、まさか今がそのとき、とは、若いわたしは知る由もありませんでした。
「明日、泣きなさい」
母の声が聞こえます。

本当の最後に

二〇一六年二月五日、江戸堀公証役場へ提出した遺言状。

遺言者　宮本　敬子

「第三条　遺言者の二男　宮本裕（昭和四十年二月十八日生）は、遺言者及び遺言者の夫との間で、遺言者の自宅に同居することを約束して、遺言者の自宅を購入させ、遺言者の夫が自らの退職金をもって住宅ローンの支払いを行うに至ったにもかかわらず、遺言者及び遺言者の夫と同居せず、遺言者及び遺言者の夫の介護、看病を全く行うこともなく、かえって、遺言者に対し、何度も罵詈雑言を浴びせ、暴行を加えるなどして、虐待ないし著しい非行があるので、遺言者は二男裕を相続人から廃除する。

第四条　遺言者は、この遺言の遺言執行者として、次の者を指定する。

　京都市　Ｔ弁護士（昭和五十四年生）」

あとがき

脩さんと出会い、七十九歳で彼が人生を閉じたとき、わたしの人生も終止符を打ちました。

過去の日記帳の中には、わたしの心の大きな空洞が記されてあります。空洞の中に、ふたりのわたしの子どもの影が、水に浮いてただよっています。

神さまからのお預りもの。とうとう神さまとのお約束を果たすことができなくなりました。申しわけありません。

ゴールデンボールも、今となっては野末の石ころです。長かった、暗い暗いトンネルの中は、陽の当らない、ただ、ときだけが過ぎていくのです。

わたしたち親子四人、まじりあうことなく、世界は閉ざされました。

この世を去りゆくもの、新しい生命の誕生。何百億光年というこの宇宙の中で、人はまるで埃のように、ルーペで覗いても見えないくらいな存在なのでしょう。

その中で、泣いたり笑ったり……流れ星のように流れていく親子。

その流れ星の一瞬の出来事を…綴ってみました。

明日《あした》 泣きなさい

発行日
2016年7月1日

著 者
小池ともみ

発行者
あんがいおまる

発行所
JDC出版
〒552-0001 大阪市港区波除 6-5-18
TEL.06-6581-2811 FAX.06-6581-2670
E-mail : book@sekitansouko.com
郵便振替 00940-8-28280

印刷製本
モリモト印刷 (株)